문밖에 누군가가

차례

4:30, 508호
김지현
005

어니언마켓
오선영
037

원영
장희원
075

타깃
황유미
109

가리어진 섬
송유나
143

초대장

4:30, 508호

이른 새벽, 깨워서 미안합니다.
동이 트기 전에 얼른 해치웁시다. 여기 허름한 오피스텔에서 잠들어 있지 않은 사람은 나와 당신 둘뿐일 것입니다. 안심하세요. 다만 앞코가 닳은 신발이나 손때 묻은 가구, 습기 먹은 코트, 얼룩덜룩한 유리창 따위에는 일절 관심을 주지 않도록 주의해주세요. 508호의 닫힌 문은 언제까지고 닫혀있는 것은 아니니까요. 예상치 못한 순간에 벌컥- 하고 열리게 되어 있답니다.

그리고 미리 말해두겠지만, 여기 508호에서 벗어나고 나면 우리는 서로 몰랐던 사이로 돌아갑시다. 오늘 이후로도 당신과 나, 꼭 한 번은 마주치게 될 겁니다. 피할 수 없을 거예요. 예를 들어, 당신이 엘리베이터 앞에서 초조한 마음으로 시계와 층수를 번갈아 보고 있는데 어느새 내가 당신 뒤에 서 있을 수 있겠죠. 혹은 맨발에 슬리퍼를 끌고 금방이라도 터질 듯한 종량제 봉투를 처리하러 갈 때 우리가 나란히 걸을 수도 있겠습니다. 텅 빈 복도에서 헛헛한 속을 붙잡고 담배 한 대 태워야 하는 밤에는 분명 만나겠죠. 그래도 아는 척하지 말아요. 냉랭하게 들릴지라도 이미 다 소용없는 일이거든요.

나는 다른 것보다도 당신의 평안을 바라거든요.

from.
송유나

4:30, 508호

김지현

4시 31분. 복도는 텅 비어있다. 스마트폰 액정 빛이 눈을 쑤셨다. 검은 복도에 느닷없는 빛이 동그랗게 퍼졌다가 사그라들었다. 빛의 잔상이 어둠 속에서 너울거린다.

  508호의 문은 미동 없이 닫혔다. 문 앞에 세워져 있는 보행보조기에는 먼지가 가볍게 쌓였다. 복도 저편에서 찬 기가 밀려왔다. 실크 같이 보드라운 냉막冷膜이 등 뒤를 감싸왔다. 몸의 주름진 살갗에는 땀이 고였다. 손바닥의 땀을 옷에 닦으며 뒤를 돌아보았다. 엘리베이터 쪽을 비추는 CCTV 카메라가 이쪽 복도에 닿지 않는다는 걸 다시 확인했다. 비상계단 앞에서 담배를 피우는 입주자를 겨냥한 안내문이 엘리베이터 앞에 붙어 있으니 확실히 이쪽을 비추는 건 아니다. 아니어야 한다. 물론 이런 어둠 속에서는 아무것도 잡아내지 못할 것이다. 30년 된 건물의 조명은 센서등도 아니고 관리소장은 하루도 빼먹지 않고 자정이면 복도의 모든 불을 소등한다. 전체 조명을 켜고 끄는 스위치는 단 하나, 엘리베이터 옆에 붙어 있을 뿐이다.

세 번째, 도어락 키패드가 삐삐 소리를 내며 점멸하다 꺼졌다. 비밀번호가 틀렸다는 표시다. 남은 기회는 얼마일까. 보통 비밀번호를 틀려도 괜찮은 횟수는 다섯 번… 이던가. 그렇다면 두 번 남았다. 그게 아니라면. 이 새벽 이상한 접근을 감지한 도어락은 요란한 사이렌을 울릴 것이고 잠든 지 겨우 삼십 분 된 506호의 젊은 남녀가 깰지도 모른다. 늘 새벽에 들어와 잠들기 전까지 컴퓨터 게임을 하거나 싸움을 하는 506호의 남녀들. 하루가 멀다 하고 택배가 쌓여있는 문 앞. 오늘도 간헐적인 고성이 들리더니 겨우 조용해졌다. 일곱 시면 택배 포장 창고로 쓰는 501호로 업자가 출근할 것이다. 그 전에 모든 걸 끝내야 한다. 귓가에 초침 소리가 들린다. 채칵채칵 어둠을 한입 한입 삼키며 움직이는 바늘이 아른거리는 것 같다. 남은 것은 두 시간 남짓, 그리고 두 번의 기회다. 바깥보다 더 짙은 어둠이 복도를 채우고 있다.

한낮이면 늘 활짝 열려 있던 문이 이틀째 잠겨있다. 잠금을 푸는 숫자는 어떻게 찾아야 할까. 단순하게 눌러 본 숫자들이 코웃음을 치며 점멸하다 사라졌다. *아무것도 모르면서 겁도 없이.* 508호의 주인은 나이와 신체 능력에 비해 정신이 또렷한 노인이었다. 노인은 무언가에 의지하지 않고는 걸을 수 없었다. 집안은 온통 벽을 따라 손잡이가 설치되어 있었다. 요양보호사가 휠체어에 태워 밀어주지 않으면 건물 밖으로 쉽사리 나갈 수 없는 늙은 여자. 노인은 보행보조기를 밀며 온종일 끈질기게 복도를 걸었다. 한 걸음 한 걸음 떼어 놓는 게 하루의 일과였다. 복도의 끝에서 끝까지. 지치면 엘리베이터 옆으로 문이 난 작은 정원으로 나가 파란색 플라스틱 의자에 앉아 숨을 골랐다. 정원이라 부르기엔 민망한 꼴을 하고 있었지만 부동산 온라인 상세페이지에는 매번 '작은 공중정원이 있는 고층 오피스텔'이라고 올라왔다. 1층부터 4층까지는 상가가, 5층부터 7층까지는 오피스텔인 건물의 허리춤에 조그

많게 빈터를 만들어 조성한 정원이었다. 꽃대 없는 잡풀들이 수챗구멍에 엉긴 머리카락처럼 넘실거리고, 어디선가 날아온 작은 꽃씨가 틔운 손톱만 한 꽃들이 시멘트 틈새에 옹알옹알 머리를 내민 정원은 쓰레기와 빨래로 어지러웠다. 관리소장은 밀림 같은 풀 무덤에도, 건물 규정을 어긴 채 너도나도 널어놓은 낡고 알록달록한 빨래들에도 관심이 없었다. 정원 쪽으로는 눈길도 안 줬다.

노인은 누가 주워다 놓은 플라스틱 의자에 오래 앉아 있곤 했다. 하늘을 보고 빨래를 보고 담배를 태웠다. 손에 잡히는 대로 풀을 한 움큼 뜯어 풀 장난도 했다. 오래전 오피스텔이라는 이름조차 생소하던 시절, 무슨 무슨 상사나 작은 회사의 사무실이 입주해 있던 시절에는 니스칠 된 나무 벤치와 재떨이가 놓여 있고 잘 다듬어진 화단이 있는 공중정원이었을 것이다. 나는 가끔 노인 옆에서 콜라를 마셨다. 노인이 태우는 담배 연기를 마시며 노인이 간헐적으로 하는 이야기를 들었다. 아주 오래된 이야기나 방금 보고 나온 드라마 이야기 같은 것들. 뭘 묻지는 않고 자기 머릿속에 떠다니는 조각난 이야기를 했다. 뭘 알아달라고 하는 이야기가 아니라 그냥 부유하는 생각들이 새어 나오는 것 같았다. 오랫동안 혼자 산 사람의 습관 같아 보였다. 조용하고 텅 빈 방 안에서 자기도 모르게 혼잣말이 새는 사람의 모습이었다. 가끔 혼자인 게 지겨우면 노인 옆에서 콜라를 마셨다. 풀도 뜯고 하늘도 봤다.

그 이야기들 속에 힌트가 있을까. 하지만 기억나는 게 없다. 기억에 남을 만한 이야기도 없었다. 구구구구 멧비둘기 소리를 흉내내며 고향 마을 들녘을 쏘다니던 어린 시절 이야기 같은 것들뿐이었다. 도어락 키패드에 불을 밝히고 9999를 눌러본다. 삐-삐-. 불빛이 꺼진다. 이렇게 최후의 실패로 모든 게 끝나는 걸까. 늘 그렇듯… 이렇게 나 시시하게… *사월 초파일.* 등 뒤에서 목소리가 속삭인다. 홱 뒤를 돌아본다. 텅 빈 어둠뿐이다. 무슨 소리였을까. 어깨가 빳빳해진다. 사월 초파일. 노인의 목소리가 가만가만 밀려온다. 부처가 울 어매를 데려갈라고 그랬는가, 마침 어매 죽은 날이 사월 초파일인 거라. 나는 어매 죽은 줄도 모리고 그 집 식구들 몽땅 절에 가고 없는 그 집서 배가 불러가 혼자 일어서지도 몬하는데 방을 쓸고 닦고……. 노인이 파란 플라스틱 의자에 앉아 노곤한 목소리로 말한다. 조는 것도 아니고 그렇다고 온전히 깨어있는 것도 아닌 모습으로.

…도어락 잠금쇠가 풀렸다.

노인은 삼일 전에 죽었다. 매일 세 시간씩 방문하는 요양보호사가 노인을 발견했다. 구급차가 오고 사람들이 들락거리고 집집마다 문을 열어 고개를 빼고 수군거렸다. 나는 내다보지 않았다. 내다볼 수도 없었다. 바로 옆집에서 죽은 노인을 수습하기 위해 온갖 사람들이 집 앞에 가득했다. 현관에 서서 문에 귀를 대고 바깥 소리를 들었다. 사람들이 분주하게 움직이는 소리, 요양보호사의 격앙된 목격담, 노인이 밖으로 옮겨지던 순간의 정적…… 상황은 생각보다 빠르게 정리됐다. 문은 굳게 닫혔다. 그 후로 찾아온 사람은 아무도 없다.

현관 센서등은 작동하지 않았다. 수명을 다한 전구를 갈아줄 사람이 노인에게 있었을까. 밤에 움직일 일 없는 노인은 불이 나간 것도 몰랐을 것이다. 신발을 벗고 안으로 들어섰다. 노인에게서 나던 냄새가 더 짙은 농도로 집 안에 가득했다. 현관에서 거실로 난 짧은 복도식 주방 벽면으로 핸드레일이 길게 붙어 있었다. 어둠 속에서 핸드

레일을 잡고 노인처럼 한 걸음 한 걸음 들어갔다. 거실 풍경이 서서히 윤곽이 잡혔다. 냉장고 옆쪽에 붙은 스위치를 누르려다 멈췄다. 깊은 새벽 이 집에 불이 켜진 건 아무도 모를 것이다. 하지만 손을 거두었다. 쨍한 천장 불빛을 감당할 수가 없을 테니까. 환하게 밝혀진 빛 속에서는 노인이 남긴 것들을 뒤질 수가 없다. 스마트폰 손전등을 켰다.

어디에 있을까. 동그랗게 불빛이 만든 자리마다 노인의 흔적이 도드라진다. 망원렌즈를 댄 듯 사물들이 눈에 들어오지만 선뜻 손이 닿지 않는다. 특별할 것 없는 물건들에 모두 노인의 냄새가 배어있다. 노인은 현금 삼백만 원을 어디에 두었을까. 이 집 어디에 그 돈이 있을까. *그 돈이 있을까?* 어깨에 입김이 닿는 느낌이 들어 화들짝 놀란다. 이상한 밤이다. 여름의 초입에 들어섰는데 등골이 차갑다. 식은땀이 난다. 자꾸 어떤 목소리들이 들리는 것 같다. 허밍 같기도 혼잣말 같기도 한 가물거리는 목소리들. 얼른 돈을 찾아 나가자. 노인에게는 이제 아무 소용 없을 그 돈을. 나를 구해줄 삼백만 원을.

꽃무늬 자수가 놓인 가벼운 외투를 입고 가죽 핸드백

을 든 늙은 여자가 508호를 찾아온 건 노인이 막 정원에서 나오던 한낮이었다. 나는 그 노인과 엘리베이터를 같이 탔다. 오피스텔 1층에 있는 편의점에서 아르바이트를 마치고 엘리베이터를 탔는데 처음 보는 노인이 같은 층에 내렸다. 정원에서 나오던 508호 노인은 나와 함께 내린 노인을 보고 조금 놀란 것 같았다. 나와 함께 온 노인이 아이고 언니, 하면서 508호 노인에게 다가갔다. 508호 노인은 어색해하는 것 같기도 하고 불편해하는 것 같기도 했다. 이내 어설프게 얼굴을 찌푸리며 웃었지만. 현관문이 활짝 열린 508호에서 두 노인의 목소리가 웅얼웅얼 들렸다. 내용은 들리지 않고 목소리의 파동만 웅얼웅얼웅얼…….

점심 무렵 아르바이트를 마치고 돌아오는 길이면 문이 활짝 열린 노인의 집에서 구수한 냄새가 번져 나왔다. 어느 날엔 진한 된장찌개 냄새에 뱃속이 요동쳤고 갓 무친 나물에서 나는 고소한 참기름과 깨 냄새가 별로 그립지도 않은 유년과 옛집을 생각나게 했다. 그 기억 속에는 또 다른 노인의 집이 있다. 작은 공장과 공구 상가가 밀집한 동네의 한 귀퉁이 골목에 있던 집. 1층에는 비철금속 점과 베어링 상사가 있고, 건물 뒤로 돌아 계단을 오르면 헐거운 샤시문이 달린 집이 층마다 3채씩 있는 3층짜리 시멘트 건물. 방 두 개와 화장실, 주방 겸 작은 거실이 있는 13평의 집. 집이라는 발음이 주는 단단하고 안전한 느낌과는 거리가 멀었던 그 방들에는 혼자 사는 중년 남자나 공장 노동자로 온 외국인 남자들이 주로 살았다. 위층 중간 집에는 40대 후반의 여자와 고등학생 아들이 살았는데 여자도 아들도 잠잘 때 말곤 거의 집에 없었다. 야자를 마친 밤, 건물 뒤쪽 캄캄한 계단을 오를 때면 맞은편 편의점 앞에서 술을 마시는 남자들과 눈이 마주쳤다. 창문 설비조차 없이 훤히 뚫린 복도의 낮은 담 너머에서 남자들은 집으로 들어가는 나를 지켜봤다. 샤시문은 세게 닫기만 해도 휘어질 듯 덜컹거렸다. 가끔 늦은 새벽 느닷없이 문이 덜컹이는 날이 있었다. 누군가 문을 잡아당기는 것 같기도 하고 거센 바람이 지나가는 것 같기도 했다. 이유를 알 수 없는 그런 소리에 잠이 깨면 방문을 열어보지도 못하고 다시 잠들지도 못한 채 뜬눈으로 밤을 샜다.

 그 집에서 할머니는 길가에서 캐 온 더러운 쑥이나 나물들을 다듬었다. 한 줌도 안 될 것 같은 나물들을 매일

같이 아파트 단지가 있는 동네로 가서 난전에 벌여 놓고 팔았다. 건더기가 거의 없는 멀건 된장국과 하얗게 무친 콩나물. 지겨운 그 음식들이 가끔 생각날 때가 있었다. 그리움이라고 하기엔 온기가 없는 감정이었다. 할머니는 감정 표현이 거의 없는 사람이었고 기어이 시멘트 틈새를 비집고 머리를 내민 잡초 같은 사람이었다. 도시에 어울리지 않는 사람이었는데 끝내 도시에서 살아남은 사람이기도 했다. 말 섞고 지내는 이웃 할머니도 없고 노인회관 같은 데도 나가지 않았다. 고향이 어디냐고 물으면 고향 같은 건 없다고 했다. 으레 노인들에게 있을 법한 고향에 대한 향수도, 낡은 고향집 한 채도 없었다. 빛바랜 사진 한 장도 없었다. 과거에 대한 흔적은 하나도 없었다. 할머니도 돌아갈 곳이 없는 사람이었다. 할머니와 나는 건조하게 살았다. 동화 같은 옛이야기도 없이 그리워할 것도 없이 밤을 견디면서 살았다. 할머니와 끈끈한 교감 같은 건 없다고 생각했는데 할머니의 존재가 생각보다 의지가 되어왔다는 걸 그의 부재로 깨달았다. 할머니가 돌아가시고 다른 도시에서 할머니처럼 초라하게 늙어가고 있는 고모와 함께 할머니를 수습했다. 할머니가 없는 그 집에서 하룻밤도 제대로 잠들지 못했다. 창문과 방문까지 꼭꼭 걸어 잠가도 누군가 혹 입바람을 불면 날아가 버릴 아기 돼지 삼 형제의 집처럼 불안했다. 어느 날엔가부터 새벽이면 똑똑- 샤시문을 두드리고 문을 덜컹덜컹 흔드는 소리가 났다. 더 심한 침입의 시도는 없었지만 날이 밝고 밖으로 나와 보면 문 앞에 담배꽁초 두어 개가 떨어져 있었다. 그렇게 그 집을 떠나 2년마다 집들을 옮겨 다녔다. 새로 옮겨 간 방에 누워 문득 생각했다. 할머니도 어쩌면 나로 인해 견뎌 왔던 건 아닐까 하고.

이 집에서는 낮이면 걸쇠를 걸어 놓고 현관문을 살짝 열어 놓았다. 처음이었다. 문을 열어 놓고 지낸다는 게. 늘 잠금장치를 강박적으로 확인하며 바깥과 통하는 문이란 문은 닫아걸어야 했는데. 혼자 지낸다는 걸 감지하지 못하도록 발소리도 죽여가며 출입해야 했는데. 508호의 문이 활짝 열려 있어서, 늘 복도 이쪽에서 저쪽까지 천천히 걸어 다니는 노인이 있어서 마음이 놓였다. 늙고 힘없는 노인의 존재가 생각보다 큰 안도감을 주었다. 창문을 활짝 열고 현관문을 살짝 열어 놓으면 앞뒤로 맞바람이 불어 집안에 바람이 지나갔다. 아르바이트를 마치고 돌아와 라면을 끓여 먹고 바람이 지나가는 방 가운데 누워 있으면 졸음이 살랑살랑 왔다. 어느 날엔 그대로 깊게 잠들어 늦은 밤에 깼고 어느 날엔 잠들 듯 말 듯 기분 좋게 의식이 풀어졌다. 노인과 요양보호사의 목소리가 잔잔하게 들려오기도 하고 501호에서 업자가 택배 상자에 테이핑하는 소리가 규칙적으로 들려오기도 했다. 봄여름엔 그렇게 뒹굴며 시간을 보냈다. 할 일도 없고 하고 싶은 일도 없었다. 어느샌가 불안도 희미해졌다. 무료하고 또 평온했다. 그리고 안전했다. 지금 이 상태를 유지할 수 있는 정도만 벌면 그만이었다. 딱 이 정도의 삶. 해가 들고 바람이 지나가고 옆집에는 문을 열어놓고 지내는 노인이 있는 이만큼의 삶. 이전에는 아주 멀리 있다고 생각했는데 지금은 어렴풋이 손에 잡히는 것도 같았다.

꽃무늬 외투를 입은 노인이 돌아가고 얼마 뒤, 퇴근할 채비를 하던 요양보호사의 목소리가 문밖으로 터져 나왔다. 요양보호사의 목소리는 늘 복도에 가득 울렸다. "이게 웬 돈이야, 삼백이요?" "……." "아까 그 할머니가예?" "……." "알았어요. 통장 찾아 놓으심 내일 은행 가가 넣을게예." 요양보호사가 집을 나서는 소리가 들리고 508호의 문이 닫혔다.

한쪽 벽면에 붙여 놓은 식탁 위 바구니가 눈에 들어왔다. 약봉지와 잡동사니가 가득했다. 정체를 알 수 없는 묶인 비닐봉지와 메모지 같은 것들도 한 데 있었다. 간소한 살림이라 살필 곳이 별로 없었지만 물건들이 구분 없이 뭉텅이로 섞여 있어 어지러웠다. 스마트폰 불빛이 바구니 쪽을 향하도록 돌려 벽면에 기대 세웠다. 우선 약들을 걷어냈다. 뜯은 약 안 뜯은 약 종이상자에 담긴 약 액상 약 연고 패치 별별 약약 들. 이 약들을 매일 먹었다면 노인의 몸은 썩지 않는 게 아닐까. 온갖 화학 약품으로 유지한 몸이었을 테니. 식탁 위로 약이 가득 쏟아졌다. 다음으로 검은 비닐봉지를 풀자 알사탕이 보였다. 커피 맛 누룽지 맛 계피 맛 땅콩 맛 맛맛들이 개별 포장되어 봉지 안에 가득했다. 마른기침을 한번 시작하면 한참 시달리던 노인의 모습이 떠올랐다. 켈룩켈룩. 목구멍을 긁듯 터지는 기침 소리가 들린다. 침대 위에 고목 같은 앙상한 윤곽이 보인다. 켈룩켈룩 컥컥 밭은기침을 뱉는 몸이 굽는다. 숨이 곧 넘어갈 것 같다. 가슴을 부여 쥐고 멎지 않는 기침에 뒤틀리는 몸. 환영인지 꿈인지 모를 희미한 형상이 보이다가 사라진다. 창밖은 푸르스름한 빛이 밝아오기 직전이다. 절정에 오른 어둠이다.

금방이라도 누군가 누워 있었던 것처럼 침대에는 자국이 남아 있다. 병원에서 볼 법한 의료용 전동 침대가 복층으로 올라가는 계단을 가로막고 펼쳐져 있다. 노인이 이 집에 마지막으로 남긴 흔적일 것이다. 마치 노인의 마지막을 직접 본 것처럼 알 수 없는 잔상이 자꾸 눈앞에 나타난다. 기침을 쏟아내며 팔을 휘두르다가 가슴을 움켜쥐다가 다리가 파르르 떨리는 노인이 보이는 것 같다. 머리를 흔들고 다른 곳으로 눈을 돌렸다. 곧 창밖의 색이 달라질 것이다. 시간이 많지 않다.

한 달 전 집주인이 짧은 메시지를 보내왔다. 곧 계약이 만료될 테니 집을 알아보라고 했다. 이 집에는 서울에서 내려온 사촌 조카가 들어와 살 거라고 했다. 계약 날조차 중개업자에게 위임하고 2년간 얼굴 한 번 본 적 없는 50대 후반의 여자가 사촌 조카를 들먹였다. 언덕배기 주택가와 상업지구 사이, 한적한 골목에 자리한 7층짜리 오피스텔은 낡았고 10여 분 거리에 버스정류장이 있지만 마을버스 한 대 노선밖에 없어서 교통이 불편했다. 저녁이면 골목은 텅 비었고 3, 4층에는 유흥업소가 입주해 있어서 저 아래 상업지구에 끼지 못하는 허름한 사람들이 들락거렸다. 그래서 쌌다. 젊고 건강하고 사회생활을 하는 사람들은 어쩐지 잘 안 왔다. 싼 맛에 한 번쯤 방을 둘러보러 오긴 오는데 다시 오진 않았다. 도배를 새로 한 지 2년밖에 안 되었다는데 구석구석이 들뜬 벽지는 누렇게 변색되었고, 유리창 바깥쪽은 청소한 지 오래되어 불투명해졌고 복도에는 집집마다 온갖 잡동사니를 다 내놓고 살아서 그런 걸까. 지하철을 타든 버스를 타든 가까운 정류장에서 내리면 인도와 차도의 구분이 없는 골목길을 한참 걸어 들어와야 해서 그럴까. 아니면 은근하게 느껴지는 왠지 모를 쇠락하는 기운 때문에 그런 걸까. 그래서 이 돈으로도 햇빛이 들어오고 층고가 높은 이 방에서 살 수 있었다. 여태 옮겨 다닌 집 중에 이 집이 가장 마음에 들었다. 이제 이 돈으로 갈 데가 없다.

눈이 점점 어둠에 익숙해진다. 손전등을 비추지 않아도 밖에서 들어오는 희미한 빛으로 사물들이 식별된다. 스마트폰 손전등을 끄고 주머니에 넣었다. 죽은 듯 미동 없는 방 안 풍경이 한눈에 들어왔다. 큰 가구라고는 침대와 식탁, 서랍장과 수납 박스 몇 개가 전부인데 방이 좁고 어지럽다. 507호와 대칭 구조에 같은 평수인데 훨씬 더 좁아 보인다. 복층에 올라가면 작은 붙박이장이 하나 더 있고 매트리스를 하나 깔아도 될 정도의 공간이 있는데 이 집의 위층은 텅 비어 있다. 겨울 이불과 외투 같은 것들이 천으로 된 수납 상자에 담겨 한쪽에 쌓여 있다. 복층이지만 원룸같이 노인은 온갖 짐들 중 하나처럼 한 켠에 몸을 누였다가 정물처럼 지냈다.

벽 한쪽에 외투 세 벌이 걸려 있다. 어둡고 두께감이 있는 재킷 한 벌과 간절기용 재킷 두 벌. 삼백이나 되는 돈을 요양보호사에게 그냥 맡길 수는 없을 테니, 돈을 입금하러 함께 가려면 외투에 넣어 두지 않았을까. 재킷 주머니에 손을 넣어보았다. 왼쪽 오른쪽. 부드러운 면의 감촉이 느껴졌다. 안쪽 주머니를 살피기 위해 재킷 안쪽에 손을 넣자 느닷없는 온기가 느껴졌다. 까무러치듯 놀라 손을 뺐다. 반동으로 재킷이 바닥에 떨어졌다. 온기라니. 막 외출에서 돌아와 벗어둔 것처럼 따뜻한 훈기가 재킷 안쪽에 고여 있었다.

인간이 싫어. 담배 연기와 함께 한숨처럼 나온 노인의

목소리가 공중에 흩어진다. 비가 억수같이 쏟아지던 날 노인은 정원에 나가지 못하고 문 앞에 서서 담배를 태웠다. 종일 건물 밖으로 한 걸음도 나가지 않는 노인이 답답해 보여 인사처럼 건넨 말에 노인은 묵묵하다 입을 열었다. 이제야 사는 것 같다고. 이제야 숨을 좀 쉬고 있다고. 그 말 때문이었다. 종종 노인과 시간을 함께 보내기 시작한 게. 그때 불쑥 노인이 친근하게 느껴져서. 노인의 나이에 이르면, 숨을 좀 쉴 수 있게 되는 걸까 어렴풋한 기대 같은 것도 했다. 노인을 방해하지 않으려 거리를 두고 앉아 콜라만 마셨는데 어느 날부터 노인이 이야기를 시작했다. 누군가를 향해 하는 말이 아니라 그저 새 나오는 말들을. 어쩌면 나와 상관없이 늘 그랬던 것일지도 모른다. 인간이 싫어… 목소리가 둥둥 떠다닌다.

바닥에 떨어진 재킷을 다시 벽걸이에 걸었다. 어느샌가 창밖이 푸르스름해지고 있다.

집주인의 연락을 받고 인터넷으로 방을 검색했다. 이 집에 걸려 있는 보증금으로 갈 수 있는 집 중에 5층은 없었다. 대부분 더 외진 동네의 1층이나 2층으로 옮겨 가야 했다. 아니면 보증금이 무의미한 한 칸 방이거나. 대로변에서 골목 안쪽으로 깊게 들어가서야 나오는 건물. 건물 출입구 비밀번호가 걸려 있지 않고 복도 센서등이 제대로 작동하지 않으며 창밖에서 까치발을 하면 집 안쪽이 고스란히 들여다보이는 그런 방은 더 이상 가고 싶지 않다. 인적 없는 골목에서 술에 취한 인간의 더러운 말을 맞닥뜨리고 홀로 현관으로 들어설 때의 긴장을 견디고 한여름에도 창문을 활짝 열어 놓을 수 없는 갑갑함을 견디는 삶으로 돌아가고 싶지 않다. 딱 이 정도의 삶, 창살 없는 창문을 활짝 열어 바람을 들일 수 있고, 서로 아는 척을 안 해도 큰 소음이 나면 사람들이 밖을 내다보는 복도가 있는 이 정도의 집. 돈이 필요하다. 새로운 방을 마련할 수 있는 돈이, 삼백만 원이.

시간이 없다. 노인의 냄새가 진하게 밴 입다 벗어 놓은 옷가지들이 3단 서랍장 위에 개켜져 있었다. 옷가지들을 헤치고 주머니를 뒤졌다. 바지를 뒤집어 들고 털었다. 노인의 가느다란 다리처럼 바지가 나풀나풀 흔들렸다. 서랍장을 위에서부터 한 칸씩 열었다. 속옷과 양말 손수건이 가지런했다. 손에 잡히는 대로 꺼내 바닥에 뿌렸다. 늘어난 팬티와 공처럼 뭉쳐 놓은 양말들이 점점이 바닥에 떨어졌다. 두 번째 세 번째 칸을 차례로 비워냈다. 봄·여름용 가벼운 옷과 수건들이 쏟아졌다. 서랍이 비었다.

옷가지들을 걷어내며 몸을 일으켰다. 불투명한 창문 너머로 사람 실루엣이 보였다. 신기루처럼 흔들리다가 사라졌다. 정신을 차려야 한다. 몸이 점점 뜨거워졌다. 이마에 촘촘하게 돋은 땀방울을 문질러 닦았다. 이제 어디를 뒤져야 하나. 문득 이 집 한가운데 서 있다는 사실이 기괴하게 느껴졌다. 어질러진 노인의 방과 내 모습이 멀리서 카메라로 조망하며 보이는 것 같은 환상이 지나갔다. 호흡이 조금씩 가빠졌다.

싱크대 쪽에서 번쩍, 번개 같은 빛이 터졌다. 웬 여자가 이를 악물고 설거지를 하고 있다. 이목구비는 보이지 않는데 이를 악물고 있는 것과 떨고 있는 뒷모습이 홀로그램처럼 동시에 보이는 것 같다. 여자의 너머로 남자의 악다구니가 들린다. 무언가 부딪히고 깨지는 소리가 난다. 여자는 아무것도 들리지 않는 사람처럼 묵묵하다. 설거지하는 손이 미세하게 떨린다. 기어코 여자의 머리통 옆으로 유리컵 하나가 날아와 깨졌다. 반사적으로 눈을 질끈 감은 여자가 설거지를 멈추었다.

현관 앞 복도식 주방은 텅 비어있다. 싱크대 앞에는 아무도 없고 설거지하는 여자도 없다. 어둠뿐이다. 알 수 없는 장면이 자꾸 눈앞에 아른거린다. 보이지 않는 게 자꾸 보이는 것 같다. 방은 노인의 옷가지와 수납함을 뒤져 흩뿌려 놓은 잡동사니로 난장판이다. 속이 갑갑하고 어지럽다. 얼른 돈을 찾아서 나가야 하는데. 더 이상 여기 있으면 안 될 것 같다. 어디일까, 어디일까, 어디…

주름진 이불 패드와 한쪽에 말려있는 이불이 눈에 들어온다. 한층 환해진 창밖의 빛이 침대 위를 밝히고 있다. 언젠가 바람과 볕이 적당했던 봄날, 활짝 열린 현관문 너머로 침대 위에 누워 혼곤한 잠에 빠져 있던 노인의 모습이 떠올랐다. 눈을 감고 죽은 듯이 웅크려 누워 있던 노인의 팔과 다리. 이불을 슬쩍 들춰 본다. 솜이 꺼진 베개 밑도 본다. 아무것도 없다. 눅진한 이불 위로 팔과 다리가 보인다. 앙상한 뼈 위로 홑겹 같은 얇은 살갗이 붙어 있는 팔과 다리가 휘기 시작한다. 바깥쪽으로 뒤틀리고 발가락이 안으로 말려든다. 알 수 없는 고통이 전해진다. 몸을 찢는 고통과 속이 메스껍고 겁에 질린 감정이 몰아쳐 온다. 목 뒤가 뻣뻣하게 굳고 두피에 땀방울이 돋았다. 오래

된 영사기가 돌아가듯 처음 보는 장면들이 눈앞에 펼쳐졌다.

여자를 거칠게 밀어뜨리는 남자. 서둘러 몸을 일으키는 여자와 그 위로 올라타 여자의 뺨을 때리는 남자. 격렬하게 버둥거리는 여자의 몸짓… 두서없이 여기저기서 폭언이 들린다. 단칸짜리 방 안에 소리 없이 웅크린 채 숨어 있는 여자. 샤시문 덜컹이는 소리. 문밖에서 문을 부술 듯 두드리며 당장 나오라고 소리치고 욕을 지껄이는 다른 여자들의 목소리. 내 남편을 흘려낸 찢어 죽일 년… 숨이 넘어갈 듯한 아이 울음소리. 끊이지 않는 아이 울음…… 귀를 틀어막는 여자. 사방에서 손가락들이 스멀스멀 기어온다. 발등을 타고 허벅지를 기어올라 배꼽을 찌른다. 부르르 떨다가 여자가 번쩍 눈을 뜬다. 과도를 움켜쥔 손이 발발 떨리고 있다. 눈을 동그랗게 뜬 남자아이가 여자를 말끄러미 본다. 아이의 얼굴이 기이하게 일그러진다.

기억에 없는 기억이다. 노인의 기억. 노인에게서 들은 적 없는 노인의 기억이 자꾸만 나의 기억인 것처럼 재생된다. 오래전에 본 목격담처럼 눈앞에 흐릿하게 나타난다. 본 적도 없는 젊은 노인의 얼굴과 처음 보는 남자아이의 형상까지. 상상조차 한 적 없는 이미지들이 생생하게 살아난다. 마치 이 방 안에 숨어 있던 존재들이 벽지와 장판과 천장에서 배어 나오는 것처럼. 내 몸으로 스며드는 것처럼.

5시 56분. 날이 밝았다. 온갖 것들이 쏟아져 나온 방이 잠에서 깨어난 듯 선명하게 드러났다. 주방 서랍장과 수납장들이 앙상하게 비었고 물건들은 바닥에 뒤엉켜 엉망이었다. 분명 이 집에 삼백만 원이 있는데. 요양보호사의 목소리를 들었는데. 어디에도 없다. 온 집을 몽땅 비워냈는데 겨우 천 원짜리 몇 장만 바닥에 뒹굴고 있다. 돈의 행방을 아는 사람, 요양보호사가 다녀간 것이다. 그 여자가, 목소리가 크고 호들갑을 떨고 촌스러운 분홍색 천 가방을 들고 다니는 그 늙은 여자가 돈을 가져간 것이다. 죽은 사람의 집에서 와서, 죽은 사람의 돈을 훔쳐간 년. 내 돈을, 내 삼백만 원을.

끼익 끼익 귀를 긁는 잡음이 들렸다. 어딘가에서 미세한 움직임이 감지됐다. 바퀴벌레처럼 어둠 속을 활보하며 보이지 않지만 기척으로 감지되는 그런 움직임이었다. 귓

바퀴가 날카로워졌다. 아주 작은 소리까지 고막을 건드렸다. 숨을 죽이고 신경을 곤두세웠다. 다시 한번 천천히 끼이익- 녹슨 철제 창문이 천천히 열리고 있었다. 한 번에 손가락 한 마디씩. 방범 창살이 없는 1층 집이었다. 2층짜리 주택이었고 위층에는 노부부인 집주인이 살고 있었다. 이전까지 젊은 남자나 늙은 남자가 세를 들어 살았고 더 이전에는 아들 내외가 잠시 살았다던 1층에 주인 내외는 방범 창살을 해 줄 생각이 없었다. 해병대 출신에 매일 동묘 앞으로 출근하듯 나가던 늙은 주인 남자는 자기가 바로 위층에 있는데 그런 게 왜 필요하냐고 했다. 그런 걸 요구하는 나를 이상한 눈으로 봤다. 이 동네 그런 동네 아니다… 요즘 젊은 것들은 참 쯧쯧… 쯧쯧… 끼끽… 창문이 한 뼘 더 벌어졌다. 창문을 여는 손은 보이지 않았다. 침대에서 일어나 불을 켰다. 방이 단숨에 환해졌다. 반이나 열린 창문이 그대로 멈췄다. 방충망은 반대쪽으로 젖혀져 있었다. 차마 밖을 내다보지 못하고 그대로 서서 반쯤 열린 창문을 쳐다만 보던 새벽. 시커먼 그 새벽의 어둠이 스멀스멀 떠올랐다.

안전한 나만의 세계를 찾아야 한다. 다시 그 불안 속으로 돌아가지 않으려면 도둑년을 찾아야 한다. 바닥에 널브러진 물건들을 발끝으로 헤집었다. 엎어진 손가방 틈새로 회색 폴더형 휴대폰이 보였다. 휴대폰을 열어 통화목록을 확인했다. 저장되지 않은 전화번호들이 며칠 단위로 기록되어 있었다. 그중 꾸준히 짧은 통화를 나눈 번호 하나가 있었다. 이게 그 요양보호사일까. 문자 메시지함에 들어갔다. 광고 문자들 사이로 통화기록에서 본 번호로 수신된 문자들이 몇 개 있었다. 그중 하나를 눌렀다. 요양보호사로 짐작되는 짧은 메시지들이 나타났다. 간단한 전달사항이나 노인이 전화를 받지 않아 「전화 주세요.」 하고 확인 차 보낸 메시지들이었다. 노인의 답장은 없었다. 문자를 확인하곤 전화를 걸었을 것이다. 전화번호를 내 휴대폰에 저장했다. 어떻게 연락을 해야 여자를 불러낼 수 있을지 고민하며 점점 더 오래된 메시지로 올라갔다. 한 달 전쯤 수신된 문자 하나가 눈에 들어왔다.

「도장 신발장 안에 넣어놨어요.」

도장을 왜 신발장에… 현관으로 눈을 돌렸다. 분 단위로 점차 밖이 밝아오는 중에도 현관은 어두웠다. 한쪽에 붙어 있는 붙박이 신발장이 눈에 들어왔다. 오피스텔에

기본 옵션으로 들어가 있는 장이었다. 천장에서부터 바닥까지 이어진 신발장은 오피스텔 평수에 비해 너무 컸다. 혼자 사는 노인의 신발이라고 해봐야 현관에 죽 늘어놓아도 될 수준일 것이다. 더욱이 걷는 것이 시원찮은 노인에겐… 신발장은 더없이 좋은 수납장이 된다.

실마리가 풀렸다. 다시 생각해보면 단순한 문제였다. 간소한 가구, 각각의 쓰임에 맞는 세밀한 구분 없이 한데 모아 놓은 물건들. 통장을 찾아 놓으시라는 요양보호사의 목소리. 현관에 옵션으로 딸린 커다란 신발장은 손에 쉽게 닿지만 외부인은 열어볼 일 없는 맞춤한 수납장이었다. 늘 답은 생각보다 쉽고 쉬울수록 더 풀기 어렵다.

머릿속이 개운해졌다. 창밖에 드리운 푸른빛이 머릿속을 밝혀준 것 같다. 목적지에 다다른 느낌이다. 어깻죽지가 슬며시 풀어졌다. 가벼운 마음으로 몸을 일으키며 메시지함을 더 훑어보았다. 별 뜻 없이, 습관처럼, 혹은 알 수 없는 미미한 궁금증 같은 그런 사소한 마음으로. 아니다. 요양보호사가 보낸 것으로 보이는 메시지를 눌러보기 전 단숨에 눈에 걸린 메시지가 있었다. 저장되지 않은 낯익은 번호. 통화목록에서 간헐적이지만 지속적으로 부재

중 전화가 찍혀 있던 번호. 「어디까지 도망갈 수 있다고 생각해…」라는 말로 시작되는 문자 메시지. 수신된 날짜는 3일 전이다. 노인이 숨을 거둔 그 밤이다.

오른쪽 귓가로 얼굴 하나가 불쑥 튀어나왔다가 순식간에 사라진다. 홱 뒤를 돌아본다. 벽에 노인의 재킷 세 벌이 걸려 있을 뿐이다. 주방 쪽에서 와장창 접시 깨지는 소리가 난다. 바닥으로 내동댕이쳐진 접시 파편들이 사방으로 튄다. 분노에 찬 남자의 비명 같은 괴성이 사방에서 들린다. *나를 그 지옥 같은 집에 버리고 가서 혼자 잘 지내는 건 불공평하잖아… 당신에겐 책임이 있어… 단 하루도 편안하게 지내지 마라… 나를 낳은 죄… 희생하지 않은 죄…* 남자는 계속해서 비명을 지른다. 무언가 깨지는 소리와 둔탁한 것이 몸을 내리치는 소리들이 비명과 뒤섞인다. 싱크대 하부 장에서 식칼을 꺼낸 남자가 이쪽으로 저벅저벅 걸어온다. 눈을 질끈 감았다. 남자의 형체는 사라지고 아무 일도 일어나지 않았다. 모든 것이 푸른 빛 속에 그대로 있다.

현관은 복도와 비슷한 냉기가 감돌았다. 문 틈새로 냉기가 스며들어오는 것 같았다. 알 수 없는 새벽이다. 여름인데 살갗이 거칠어지는 냉기라니. 이 집에 들어온 순간부터 모든 것이 모호하다. 계절도 시간도 다 뒤섞인 느낌이다. 아주 긴 시간을 지나온 것 같은데 겨우 두 시간쯤 머물렀을 뿐이다. 방 안쪽을 다시 휘 둘러보았다. 모든 것이 제 자리를 벗어나 있다. 방의 구석구석을 채우고 있던 물건들이 해일이 훑고 간 자리의 잔해처럼 한 데 뒤엉켜 있다. 다시 제자리를 찾을 순 없을 것이다. 어차피 이제 찾는 이가 없는 것들이다. 소용없는 쓰레기들일 뿐이다. 신발장 서랍 안에서 지폐가 든 흰 봉투를 꺼냈다. 이제 여길 떠날 것이다. 아무도 내가 이 방에 다녀갔다는 사실을 모를 것이다. 나를 찾을 사람은 없을 것이다.

복도는 여전히 어두웠다. 정원으로 난 창문에서 푸른 빛이 복도로 들이쳤지만 그 자리만 환할 뿐이었다. 508호의 문을 천천히 닫았다. 도어락 잠기는 소리가 났다. 잠시 숨을 죽였다. 이제 모든 것이 끝났다. 곧 사람들이 움직이겠지만 이 안에서 일어난 일은 아무도 모를 것이다. 늘 그랬던 것처럼. 늘 닫힌 문 너머엔 관심이 없는 것처럼. 506호 안에서 젊은 남자의 기침 소리가 들린다. 두어 번 쿨럭거리더니 다시 잠잠해졌다.

이제 나만의 방으로 돌아갈 시간이다.

초대장

어니언마켓

깍뚝깍뚝. 손톱 조각이 부스러기 같이 떨어진다. 한 번에 한 손가락씩. 미세하게 한 꺼풀씩. 깎고 깎고 깎는다. 나를 이루는 생체 데이터가 얇게 저며져 부스러기를 이룬다. 어둠 속에 몸을 숨긴 무언가가 떨어지는 부스러기를 야곰야곰 받아 삼킨다. 동굴처럼 거대한 입이다. 나도 모르는 사이 내가 흘린 조각들이 누군가에게서 아귀를 맞춘다. 서서히 형태를 갖춘다. 어둠을 뚫고 무언가가 모습을 드러낸다. 목소리가 들린다. 안녕, 나야.
가상공간에서 우리는 어떤 방식으로든 부스러기를 남긴다. 검색어 하나, 로그인 한번, 댓글 한 줄과 숱한 구매 목록들. 지난한 나의 역사를 두꺼운 페이지로 전하지 않아도 내가 남긴 데이터들의 조합으로 나에 관한 정보를 재구성할 수 있다. 두 발로 걸어간 길과 골목에는 나의 지문이 없지만 가상의 길목과 공간에서는 데이터라는 결정체로 흔적이 남는다. 마음만 먹으면 그 흔적을 가로챌 수도 있다. 내가 흘린 부스러기는 또 다른 복제품을 만든다. 손톱을 주워 먹은 쥐새끼처럼 주인으로 둔갑할지도 모른다. 나도 모르는 사이 데이터는 내가 된다. 자, 자세히 보자. 둘 중 무엇이 쥐새끼인가?

from.
김지현

어니언마켓

오선영

재희의 스마트폰에 그 어플리케이션이 설치된 건 뜻밖의 일이었다.

* * *

 카페는 오전부터 모임을 하는 엄마들로 가득했다. 커피와 간단한 디저트를 팔던 카페는 어느 순간부터 브런치 카페로 상호를 바꾸었다. 근처에 '초품아' 아파트로 불리는 대단지 아파트가 들어서면서 아이를 등원 시키고 모임을 갖는 학부모들이 늘어나서였다. 지역 맘 커뮤니티에서

입소문이 난 카페는 예약을 하지 않으면 자리를 잡기 어려울 정도로 인기가 많아졌다.

"이번에 탑반 레테는 로아만 합격했다면서요?"

혜지 엄마가 은색 나이프로 희고 통통한 수제 소시지를 잘게 썰며 말했다.

"안 시킨다, 안 시킨다 하면서 개인 과외라도 하는 거 아니에요? 탑반 레테를 한 번에 통과하는 게 얼마나 어려운 일인데. 소문 안 낼 테니까 노하우 좀 말해 봐요."

옆자리에 앉은 동석 엄마가 야단스럽게 맞장구를 쳤다.

오늘 브런치 회동의 주요 목적이 무엇인지 재희는 혜지 엄마의 전화를 받았을 때부터 짐작했다. 사교육을 안 받는 로아가 까다롭기로 소문난 대형어학원 레벨테스트를 단번에 통과해서였다. 이동식 마이크와 스피커가 많은 학원가에서 아이는 화제의 인물이 되었고, 로아에 대한 관심은 엄마인 재희에게로 자연스럽게 이동했다. 그녀를 직간접적으로 아는 유치원 엄마들이 재희만의 특별한 교육관이나 학습지도 방법, 교육 정보가 있는지 추궁하듯 물어왔다.

재희가 머그잔을 들어 아메리카노를 한 모금 마셨다.

여섯 개의 검은 눈동자가 그녀의 입에 집중했다. 그녀가 꺼낼 이야기가 무엇이든지 간에 엄마들은 경청해서 듣고, 크게 호응할 준비가 되어 있었다. 재희는 자신이 예상한 방향으로 주제를 옮기는 엄마들의 모습에 적잖이 당황하고 적당히 안도했다. 대화의 주도권을 자신이 가졌다는 확신이 들자, 향을 음미하며 더 천천히 커피를 마셨다.

"제가 한 건 영어책이든 한글책이든 가리지 않고 읽어 준 거예요. 제일 중요한 게 문해력이잖아요. 연산을 아무리 잘해도 수학 서술형 문제를 이해 못 하면 풀지를 못해서요. 책이 진짜 중요한 것 같아요."

"로아는 어떤 책이든 잘 읽어요?"

동석 엄마가 의자를 끌어당기며 테이블에 가슴을 바짝 붙였다.

"진짜 책 때문에 이사라도 해야 하는지. 독서가 취미인 애한테 책을 안 사줄 수도 없고. 남편 눈치 보여서요. 명품 사는 것도 아닌데 책 결제할 때마다 뭐라 해요."

재희가 별 것 아닌 이야기를 특별한 정보라도 되는 양 조심스레 말했다.

"안 보는 책 있으면 우리 혜지한테 좀 넘겨요. 로아 책은 다 좋을 것 같아요."

"에이, 혜지는 새 책 사줘야지요. 무슨 헌책을 물려받으려고 해요. 아빠도 잘 벌면서."

재희가 손사래를 치며 말을 돌렸다. 포인트는 '새 책'이었는데, 누군가에게는 '아빠도 잘 벌면서'가 중심 어절로 들렸나 보다. 조용히 있던 시윤 엄마가 재희의 말을 자르면서 쑥, 들어왔다.

"아빠가 잘 버는 집은 책 물려받으면 안 돼요? 그럼 없는 집만 물려받는 건가? 애들이 콩나물처럼 쑥쑥 크는데 어떻게 매번 새 옷, 새 책, 새 장난감만 사요."

시윤 엄마의 얼굴이 불쾌한 기색으로 역력했다.

"아니, 제 말은 그런 게 아니라, 혜지 새 책 선물해 주라는 뜻이었어요."

재희가 대각선 건너편에 앉은 시윤 엄마의 팔을 서둘러 잡았다. 정말 그런 뜻으로 말한 게 아니었다며 진심을 알아달라는 말투와 표정이었다.

혜지 엄마가 학원과 입시정보를 무기로 학부모들을 끌고 다닌다면, 시윤 엄마는 큰 목소리와 행동력으로 엄마들을 모으는 스타일이었다. 큰 목소리로 뒷담화도 서슴지 않아서 크고 작은 구설수에 올랐지만 본인은 개의치 않아 했다. 재희는 시윤 엄마의 마음을 거슬리게 한 건 아닌지 곁눈질로 동태를 살폈다.

"맞아, 어떻게 매번 새것만 사요. 물려주고 받고 하면서 사는 거지. 애들 교육면에서도 새 물건만 사주면 안 좋대요. 그리고 환경을 생각해야지."

"그래서 말인데… 다른 분들은 그거 안 써요? 저는 어니언마켓 어플 이용해요."

슬며시 화제가 이동했다. 동석 엄마가 어니언마켓 어플리케이션의 특징과 사용법을 본격적으로 말하기 시작했다. 스마트폰에 내장된 GPS를 이용하여 근방 10km 이내의 사용자가 올린 중고물품을 소개해 주는데 초품아 아파트답게 아이들 용품이 정말 많이, 다양하게 올라온다는 거였다. 개중에는 새 제품도 있어 폭탄세일이나 창고 대개방 시기에 사는 것보다 훨씬 이득이라고 했다.

"요즘 연예인이랑 인플루언서들도 다 어니언마켓 써요. 저번에 유튜브에 톱스타가 나와서 캠핑 용품을 삼분의 일 가격으로 샀다며 자랑했다니까요. 중고 직거래가 유행이에요."

어니언마켓 이야기가 나오자 엄마들은 아이돌 덕질 경험을 공유하는 것처럼 신이 났다. 자신만의 중고거래 노하우를 아낌없이 방출했다. 학원 시스템이나 과외 자리, 팀 수업에 대해 이야기할 때와는 다른 태도였다. 재희는 빠르게 전환된 화제와 분위기에 내심 안도했다.

"전집을 어니언마켓에 팔면 되겠네. 로아 책은 상태 좋아서 올리면 금방 콜 올 걸요? A급 전집은 중고시장에서도 가격 제법 받아요."

혜지 엄마가 한쪽 눈을 찡긋거리며 재희를 쳐다봤다. 건배라도 할 기세인지 유리잔을 얼굴 높이로 들어올렸다.

"근데 저는 그 어플 안 써봤어요. 어떻게 사용해야 되는지도 모르고, 제가 보기보다 기계치라서 새로운 앱에 적응하는데 어려움이 있거든요."

"어려울 게 뭐 있어요. 사진 찍고, 상품 설명 간단하게 쓰고 가격 정해서 업로드 하면 끝인데. 집도 좁다면서 얼른 팔아요. 그래야 또 새 책 사지."

재희는 정말 그 앱을 사용할 생각이 없었다. 나아가 집에 있는 로아 책을 팔 생각도 없었다. 손때 묻은 책을 언제든지 찾아볼 수 있게 아이의 손길, 눈길, 발길이 닿는 곳에 꽂아두고 오랫동안 읽게 하고 싶었다. 돈을 주고받는 정식 거래라도 낯선 이가 아이의 체취와 온기가 남은 물건을 어떻게 사용할지 의문이었다.

옆 테이블도 아이들의 학원 이야기가 한창이었다. 신축 아파트 단지에 개원한 영어유치원 엄마들 모임인 듯했다. 남자아이는 협동심과 체력을 위해 아이스하키를, 여자아이는 몸매 관리와 유연성을 위해 플라잉요가를 하자는 말들이 나왔다. 원어민 교사의 출신지를 따지는 말도 심심치 않게 들렸다. 재희는 옆 테이블의 정보를 하나라도 더 듣고 싶었다. 어니언마켓 어플리케이션에는 관심이 없었다. 중고거래 이야기를 브런치 카페 어디에서라도 다 들을 수 있게, 큰 소리로 떠드는 엄마들의 태도가 도리어 민망하기까지 했다.

그 순간이었다. 그녀의 속마음을 알 리 없는 시윤 엄마가 테이블 위에 놓여 있던 재희의 하얀색 스마트폰을 집어 들었다. 마치 제 물건을 다루듯 손가락을 이리저리 움직이더니 어니언마켓 어플리케이션을 다운로드했다. 띵- 소리와 함께 동그란 원이 윤곽을 드러내면서 나타났다. 30초가 되지 않은 짧은 시간이었다. 까도 까도 껍질이 나타나는 양파처럼 접속할 때마다 새로운 물건이 업로드된다는 '어니언마켓.' 그렇게 재희의 스마트폰 끝자리에 해당 앱이 자리하게 되었다.

* * *

로아를 재우고 재희가 거실로 나왔다. 거실 등을 켜지 않아도 베란다 앞 가로등 불빛에 집안이 희끗희끗 보였다. 아이가 가지고 놀던 자동차와 블록, 풀다 만 연산 학습지와 위태롭게 쌓아놓은 그림책들, 아무렇게나 벗어놓은 옷까지. 지저분하고 어지러운 장면이지만 보고 있으면 마음이 차분해지는 이상한 풍경이었다. 재희는 로아가 하루 동안 배출한 땀과 침, 쓰레기로 더러워진 거실이 아이의 몸과 마음이 성장한 증거라고 믿었다. 아이를 생각하면 이름을 부르기 전에, 얼굴을 떠올리기도 전에 미소부터 지어졌다. 그 힘으로 그녀는 매일매일 집안을 쓸고 닦았다. 그때 집을 잘 산 것 같아. 요람 같은 집에서 로아가 안락하게 클 수 있어서 다행이었다.

재희가 거실을 정리했다. 장난감을 모으고 나무상자에

블록을 색깔별로 담고, 문제집과 필통을 챙겼다. 마지막으로 탑처럼 쌓인 책들을 한 번에 들어 로아 방으로 옮겼다. 아니, 옮기기 직전 열 권의 책을 들다가 손목이 욱신거렸고 손목터널증후군 증세가 다시 도진 건가, 짧은 순간 생각하다가 책을 손에서 놓쳐 버렸다. 타타타-닥! 직사각형의 책들이 발등과 바닥 위로 동시에 떨어졌다. 뾰족한 모서리가 발등을 세게 찍었다. 으으으, 으으. 재희가 비명도 지르지 못한 채, 허옇게 질린 얼굴로 발등을 움켜쥐었다. 찍힌 부위가 빨갛게 부어오르며 열이 났다.

"에이 씨, 이놈의 책! 진짜 다 갖다 버리든지 해야지!"

바닥에 털썩 주저앉았다. 문득, 시윤 엄마가 설치해 준 어니언마켓 앱이 떠올랐다. 당시 분위기에 휩쓸려 설치해 놓고 집에 와 삭제한다는 걸 잊었던 것이다.

무언가에 홀린 사람처럼 그녀는 스마트폰 바탕화면에서 어니언마켓 앱을 찾았다. 액정에 웰컴! 어니언마켓이라는 문구가 떴다. 실명확인을 하고 사는 곳과 연락처를 입력했다. 아이디는 '러블리LoA'로 정했다. 정말 그곳에는 없는 것이 없었다. 최근 인기 있는 직거래 상품, 30대 여성들이 찜한 아이템, 핫한 육아용품 등이 품목별, 주제

별로 진열되어 있었다. 어두운 거실이 바탕화면에서 흘러나오는 빛으로 인해 환해졌다. 어니언마켓을 살펴보는 재희의 얼굴도 더불어 밝아졌다.

하나의 물건이 눈에 들어왔다. 엄마표 영어를 하는 사람은 무조건 거쳐 간다는 고가의 영어전집이었다. 영국 출판사에서 만든 단계별 리딩 교재로 재희가 위시리스트에 넣어두고 구입을 망설이던 책이었다.

자세한 설명 안 드려도 이 교재 좋은 건 다 아시죠? 풀세트 구입해서 사용하려고 했는데, 엄마표가 힘들어서 근처 영유 보냈습니다. 상태는 최상A급입니다. 집에서 엄마표로 하실 분, 저렴한 가격에 데려가세요. 네고, 에눌 없습니다. 예민맘 사절입니다.

간단한 설명과 함께 다섯 장의 사진이 첨부되어 있었다. 1단계 교재만 사용 흔적이 살짝 있고 남은 단계는 비닐 커버조차 뜯지 않은 새 상품이었다. 부록인 플래시 카드와 워크북, 보드게임까지 풀세트였다.

재희는 해당 상품을 자세히 보고 설명을 읽고 또 읽었

다. 블로그에서 어니언마켓 물건 구매 방법을 숙지하고, 제품을 다시 봤다. 판매자에게 쪽지를 보내기엔 너무 늦은 시간이었다. 초록색 별표를 눌러 찜하기를 한 뒤, 앱을 나왔다.

다음 날, 로아를 유치원에 보내고 어니언마켓에 들어갔다. 낯선 이가 사용한 물건을 로아가 써도 될까, 하는 마음과 상품설명을 보면 거의 새 제품이잖아, 라는 마음이 양팔저울 위에서 오르락내리락했다. 마음의 추가 한쪽으로 기울어지자 재희는 판매자 헤르메스에게 쪽지를 보냈다.

-안녕하세요? 영어책 구매하고 싶은데요. 가능한가요?

-가능요.

헤르메스는 도로 건너편의 신축아파트 303동 지하주차장에서 만나자고 했다. 등록된 지문을 보안 패드에 인식해야 단지 출입이 가능한, 경비와 보안이 철저한 아파트였다. 재희가 아파트 주 출입문을 어떻게 통과하냐고 묻자 차량 번호를 알려주면 경비실에 방문 차량 등록을 해놓겠다고 했다. 재희가 잠시 망설였다. 그녀의 집은 자가용이 한 대였고 차는 남편이 출퇴근용으로 사용하고 있었다.

-헤르메스님, 제 차가 고장 나서 수리를 맡겼거든요. 며칠 후에 찾을 수 있는데 아파트 주 입구에서 뵈면 안 될까요?

재희가 정중하게 의사를 밝혔다. '읽음' 표시가 떴지만 답이 없었다. 판매자의 연락을 기다리며 그녀는 걸어서라도 지하주차장까지 갈 걸, 괜히 지상에서 보자고 했네, 라며 후회했다. 어떤 면으로 필요 이상 솔직했다는 생각마저 들었다. 다른 물건 사면 되지, 따위의 배짱은 생기지 않았다.

-남문 앞에서 봐요.

한 시간이 지나서 답이 왔다. 재희가 답글 창에 네,를 쓰고 엄지 척! 이모티콘을 누르려는데 연이어 쪽지가 도착했다.

-책이 무거워서 옮기기 어렵지만 상황이 그러면 할 수 없죠.

재희가 이모티콘을 지우고 '네'만 보냈다.

그렇게 헤르메스와 만났다. 바퀴 두 개가 달린 주황색 장바구니에 영어전집을 가득 싣고 집으로 돌아왔다. 보도

블록 위로 덜컹덜컹 플라스틱 바퀴 굴러가는 소리가 났다. 정교하지 않은 바퀴가 빠질까 싶어, 재희는 얼핏설핏 바퀴 상태를 살폈다. 무서울 정도로 태양 볕이 뜨거운 날이었다. 신축아파트 단지에서 재희 집까지는 나무 그늘조차 없었다. 내리쬐는 햇볕을 온몸으로 맞으며 걸었다. 등과 이마 위로 땀이 물처럼 흘렀다. 지면이 고르지 못한 곳에선 손과 손목에 힘을 더 주어 장바구니를 움직였다. 그럴 때마다 손목터널증후군 증세가 재발한 것마냥 손목과 손가락이 저려왔다. 다리와 발목에도 힘이 더 들어갔다. 지난밤에 찍힌 발등까지 심하게 아려왔다. 이게 뭐 하는 짓인가, 싶다가도 영어전집의 원가격을 생각하니 입술 사이로 히죽히죽 웃음이 흘러 나왔다. 득템도 이런 득템이 없었다.

대형어학원을 다니지 않지만 레테에서 탑반이 나오는 아이. 사교육 시장에 휩쓸리지 않으면서 차근차근 실력을 쌓아가는 학생. 창의적이고 자기 주도적인 어린이. 재희가 기대하고 바라는 로아의 명찰이었다. 그 명찰을 위해 그녀는 자신이 할 수 있는 최고의 방법을, 최선의 방식으로 하겠다는 결심을 이미 한 터였다. 다행히 제게는 그것을 실행할 정보력과 판단력이 있다고 믿었다. 불친절한 판매자의 답변은 영어책 비닐 커버를 뜯으면서 함께 벗겨 버렸다. 새 표지가 영롱한 자태를 드러낼 때마다 그녀의 이마를 적신 후덥지근한 땀방울도 같이 증발되었다.

성공적인 첫 거래였다. 그 뒤로 어니언마켓은 재희 생활의 필수품이 되었다. 남편은 심플라이프를 실천하는 그녀에게 박수를 쳤다. 재희는 알뜰살뜰한 이십일 세기형 아내를 재현하며 어깨를 으쓱였다. 어니언마켓이 뭐냐고 묻는 로아에게는 나한테 필요 없는 물건을 다른 사람과 바꿔 쓰는 일이라고 답했다. 아이는 과학 동화책에서 읽었다며 재활용 방법과 환경 보호에 대해 이야기 했다. 동석 엄마의 말대로 교육 효과까지 톡톡히 있는 어플리케이션이었다. 그녀는 동석 엄마에게 감사 인사를 해야겠다고 생각했다. 물론 앱을 다운로드해 준 시윤 엄마에게도 말이다.

* * *

종이쇼핑백을 든 재희가 아파트 상가 입구에 서 있었

다.

-도착했는데 어디세요?

-아파트 주 상가 입구요.

열 번이 넘는 직거래를 통해 재희는 자신과 만날 사람이 누구인지 직감적으로 알아냈다. 쭈뼛거리며 다가오는 사람, 비닐 봉투 없이 한 손에 물건을 흔들며 오는 사람, 택배 상자를 낑낑거리며 들고 오는 사람 등. 거래하는 품목만큼이나 상대방의 행동도 제각각이었다. 재희는 다양한 사람들 속에서 거래자를 한 번에 찾았고, 자신의 촉이 맞을 때마다 짜릿함을 느꼈다.

"안녕하세요, 러블리로아님?"

갈색 단발머리에 흰색 피켓 원피스를 입은 여자가 말을 걸었다.

"확인해 보세요."

재희가 쇼핑백을 건넸다. 여자는 유아용 수학 교재와 교구를 꺼내 꼼꼼히 살폈다. 문제집이 구겨지거나 찢어지지 않았는지, 누락된 교구가 없는지 하나하나 체크했다. 재희는 숙제 검사를 받는 학생마냥 말없이 서 있었다.

도통 나이를 짐작하기 어려운 외모와 차림새였다. 걸

모습만 보면 유아용 수학문제집이 필요하지 않을 것 같은데, 물건 상태를 확인하는 모습을 보면 이 나잇대의 아이와 긴밀하게 연결되어 있는 듯했다. 여자의 오른팔에 최근 학군지에서 뜨고 있다는 어학원 가방이 걸쳐 있었다. 빨간색 어학원 가방에 'Jaden'이라는 이름표가 붙어있었다. 애가 저길 다니는 건가, 엄마라고 하기엔 매우 젊은데. 아이 돌보미나 학습 시터인가… 난 너무 집에 있던 차림으로 나왔나. 재희가 은색 페디큐어를 한 여자의 발가락을 보고 제 옷을 살폈다.

"상품 설명 써 주신 것과 같네요. 구매할게요."

여자가 그녀를 바라보며 싱긋 웃었다. 재희도 숙제 검사를 무사히 끝낸 학생처럼 같이 웃었다. 여자가 지갑에서 이만 원을 꺼내 재희에게 주었다. 돈을 건네는 여자의 손가락이 희고 가늘었다.

여자를 다시 만난 건 일주일 뒤였다. 이번에는 신축아파트 단지 공동현관 입구에서였다. 도로 하나를 두고 두 아파트 단지가 마주 보고 있지만 두 곳에서 나오는 어니언마켓 판매 목록은 달랐다. 헤르메스와의 만남 이후 재희는 신축아파트에서의 거래를 꺼렸지만 좋은 물건이 싸게 나오는 걸 외면하기는 힘들었다. 오늘도 자외선 차단 썬캡을 쓰고 바퀴 달린 장바구니를 끌며 횡단보도를 건넜다.

"안녕하세요, 어니언마켓이시죠?"

판매자에게 AR4점대 챕터북을 사기로 했다. 로아의 리딩 실력이 급성장해서 여러 종류의 영어원서가 필요했다.

"어? 지난번에 뵌 분이네요."

이전과 동일한 스타일의, 색깔만 다른 원피스를 입은 여자가 아는 척을 했다. 아이디가 낯익다 했는데 이미 만났던 사람이었다. 재희는 같은 사람과 한 번 더 거래를 하는 상황이 겸연쩍으면서도 상냥하게 인사를 하는 여자에게 호감을 느꼈다.

챕터북 상태는 설명란에 쓰인 것보다 깨끗했다. 여자는 이 책들로 아이의 리딩 실력이 한 단계 업그레이드 됐다며 정말 잘 만든 교재라고 덧붙였다. 말하는 중간중간 영어 단어를 섞어서 사용했는데 원어민에 가깝게 발음이 유창했다. 유학파인가, 교포인가? 나름 영어라면 자신

있는 재희지만, 로아와 공부할 때를 제외하곤 실생활에서 영어를 쓰기가 멋쩍었다. 문법에 맞춰 작문을 하고, 발음기호에 맞게 발음해도 해외파 특유의 제스처와 분위기를 따라가기 어려웠다. 상대를 의식하지 않고 자연스럽게 특정 단어를 발음하는 여자의 태도에 살짝 주눅이 들었다. 여자는 이번에도 빨간색 어학원 가방을 들고 있었다. 재희의 시선이 가방에 고정되었다. 여자가 가방을 앞으로 들어 보이며 말했다.

"큰애가 여기 다녀요."

"거기 좋다고 소문났던데요. 들어가기 어렵죠?"

"아니에요. 소문만큼 별나지 않고 크게 어렵지도 않아요. 네이티브 티처가 전부 북미권 대학 영어과 출신에 테솔 자격증까지 있거든요. 실력이 있으면서 인품까지 훌륭하셔서 믿고 보내고 있어요. 지금 엄마표 영어 하시는 거죠? 집에서 충분히 레테 준비할 수 있어요."

여자의 말을 들은 재희가 아들 로아에 대해 이야기했다. 최근에 A어학원 레벨테스트에서 탑반에 합격했는데 엄마표 영어로 나온 결과라고 말하면 주위에서 믿지 않는다고 말이다. 엄마표 영어가 실패하는 사례가 많지만 체계적인 커리큘럼으로 꾸준히 이끌어주면 좋은 성과를 얻을 수 있다고 힘주어 말했다. 구름 한 점 없는 무더운 날이었다. 재희는 혀끝으로 마른 입술에 침을 묻히며 말을 이어갔다. 손부채질을 하니 더운 바람만 불었다. 여자는 표정 하나 찡그리지 않고 재희의 이야기를 들었다.

그리고는 이렇게 다시 만나게 된 것도 인연이라며 재희가 궁금해할 사항들을 스스럼없이 말했다. 영어유치원 레벨테스트와 국제학교 입학시험, AR지수와 렉사일(Lexile)지수, 라이팅 단계, 어학원 강사 프로필 등. 여자의 입에서 나오는 정보는 재희가 미처 파악하지 못한 고급정보였다. 유치원 엄마들이 끝까지 숨기는, 소수의 사람들만 공유하는 내용이었다. 여자는 크게 대단한 이야기가 아니라는 표정으로, 오히려 상냥하고 친절하게 자신이 알고 있는 것들을 나눠줬다. 이런 학부모도 있구나. 이렇게 열린 마인드로 아이를 키우는 사람도 있구나. 신축아파트 공동현관 입구에서 재희는 놀라움과 감사함을 동시에 느꼈다.

그날 밤, 로아와 남편이 잠들자 재희는 거실로 나와 어니언마켓 어플리케이션에 접속했다. 곧장 거래 내역으로 들어가 판매자 정보를 눌렀다. 여자의 아이디는 '태태mom'이었다. 태태맘이 올려놓은 물건을 살펴봤다. 재희가 산 챕터북을 포함해 고가의 영어전집이 주류를 이루었다. 상태가 좋고 가격도 중고 직거래 시세 평균보다 저렴했다. 120사이즈의 원피스, 한정판 겨울왕국 피규어, 명품 브랜드에서 나온 유아용 투피스 수영복이 있었다. 동일 브랜드의 140사이즈 남아 셔츠와 울100% 재킷, 가죽구두도 보였다. '무료 드림'하는 캠핑용품과 키즈 바이올린, 몇 번 사용하지 않았지만 생활 기스가 있다는 스키용품까지.

재희는 태태맘의 판매 목록을 보며 태태맘의 가족을 상상했다. 아이들 이름에 '태'자가 들어가나? 태희? 태민? 태린 뭘까? 옷 사이즈와 구성을 보니 성별이 다른 두 아이가 연상됐다. 영어교육에 힘을 쏟고 주말이면 아이들과 캠핑을, 겨울철에는 시즌권을 끊어 스키를 타러 다니는 가족. 명품 키즈 라인 옷을 체육복처럼 입다가 판매하는 넉넉한 집. 여자가 말하지 않은 내용을, 공개한 적 없는 정보를 재희는 판매 목록을 보며 구체적으로 그려봤다. 여자에게 필요하지 않은 물건을, 버려질 위기에 처한

물품들을 보면서. 무엇이 여자로 하여금 제게 친절을 베풀도록 했는지, 유치원 엄마들이 손금처럼 쥐고 있는 교육 정보를 제약 없이 풀어버렸는지도. 정답을 알 수 없는 질문이 무질서한 넝쿨처럼 뻗어갔다.

그러다가 자신이 판매하고 구매한 리스트를 봤다. 왕득템 했다고 환호했던 전래동화전집과 코딩 로봇 교구, 남편 회사에서 보낸 스팸 선물세트, 초록색 별만 누르고 엄두도 못 낸 루이비통 카드지갑을. 심플라이프와 인성교육, 환경보호 운동까지 할 수 있게 해 줬다는 그 세목이, 다시 보니 재희의 생활이며 일상이었다.

거기에는 재희만 아는, 숨기고 싶은 물건이 있었다. 언젠가 재활용품 분리수거를 하고 건너편 아파트 단지까지 걸었던 적이 있다. 낮 동안의 열기가 식자 시원한 바람이 불었다. 물기를 적당히 품은 공기가 상쾌했다. 콧노래가 저절로 나오는 밤이었다. 신축아파트 공동현관을 통과하는 입주민을 뒤따라 유유히 단지 안으로 들어갔다. 지상에 차가 다니지 않는 아파트는 걷기에 쾌적했다. 여기 살고 싶네. 혼잣말을 했다.

지금 살고 있는 아파트는 무리하게 대출을 내서 구입했다. 남편은 내 집 마련의 꿈을 이뤘다며 좋아했지만 그녀는 집안 어디가 온전히 가족의 소유인지 몰라 불안했다. 대출이자를 갚느라 불필요한 외식과 소비, 지출을 줄여야 했다. 그 항목에는 로아의 학원비가 포함되었다. 아직 유치원생인 아이를 벌써부터 학원을 보낼 필요가 있냐는 거였다. 남편의 말에 동의하면서도 사교육 개수로 증명되는 부모의 서포트 능력과 사랑의 크기에 그녀는 힘이 들었다. 아들을 누구보다도 사랑하는데 사랑을 입증할 수 있는 방법이 제게는 없는 것 같았다. 다시 일자리를 구하려고 해도 임신·출산·육아로 경력이 단절된 재희를 받아주는 곳이 없었다. 그대로 아들을 방치할 수 없기에 재희는 다양한 엄마표 수업을 시작했다.

놀이터를 지나 공원을 산책하듯 신축아파트 단지를 걸었다. 걷다가 분리수거 구역 앞에 놓여 있는 그것을 보았다. 노란 가로등 불빛을 조명처럼 받으며 서 있는 그것은 신생아 전용 '바구니형 유아차'였다. 사용 기간이 짧아 가성비를 중요하게 여기는 산모는 패스하지만 사용하면 육아의 질이 높아진다는 레어 아이템이었다. 로아를 임신했을 때 사고 싶었던 그 제품은 아직도 그녀의 인터넷 장바구니에 담겨 있었다.

재희가 앞으로 다가갔다. 보라색 차양과 바구니형 시트, 바람막이 커버까지 완벽한 구성이었다. 몇 번 사용하지 않았는지 바퀴조차 맨들거렸다. 주위를 둘러보았다. 분수대 주변을 돌고 있는 노부부와 반려견 운동을 시키는 아저씨가 보였다.

유아차를 확인하는 재희의 가슴이 뛰었다. 손바닥이 땀으로 끈끈해졌다. 노부부와 아저씨가 사라질 때까지 스마트폰으로 관심 없는 연예기사를 보며 기다렸다. 사위가 고요해지자 유아차를 끌고 신축아파트 단지를 빠져나왔다. 출입 시에는 등록된 지문이 필요했지만 나올 때는 어떠한 절차도 없었다. 보도블록 위로 유아차를 밀며 걸었다. 핸들링이 좋아 손목이 아프지 않았다.

현관 입구에서 보니 바구니형 시트에 분유 얼룩이 져 있었다. 재희가 시트 커버를 벗겨 손세탁했다. 항균 물티슈로 은색 프레임 안쪽까지 꼼꼼히 닦았다. 깨끗해진 유아차를 현관에 세워두고 잠이 들었다. 유아차에서 아기가 울었다. 발정 난 고양이처럼 울었다. 가늘게 들리던 소리가 점점 커졌다. 응애응애, 응응응. 그녀는 잠결에 그 소리를 들었다. 유아차에서 난 울음소리가 거실을 지나 작은방을 통과해서 안방까지 도착했다. 신경을 곤두세우는, 날카로운 그 소리를 로아가 들을 것 같아서, 로아를 삼킬 것 같아서 재희가 벌떡 일어났다. 서둘러 현관 앞으로 뛰어갔다. 유아차를 현관 밖으로 몰아내고, 다시 복도 끝까지 밀고 가서 버려뒀다.

다음 날, 아이를 등원시키고 유아차 사진을 찍었다. 간단한 설명을 곁들여 어니언마켓에 업로드했다. 새 상품값의 오분의 일 가격에 올리니 연락이 빨리 왔다.

그러니까 재희가 판매한 목록에 유아차가 있었다. 거래하고 받은 후기(-새 **상품 같아서 너무 좋아요, 감사합니다♥**)와 평점(-★★★★★)도 있었다. 어차피 버린 거면 필요한 누군가가 쓰는 게 낫지. 그렇게 스스로를 합리화하면서 스마트폰 바탕화면의 밝기를 어둡게 낮췄다. 조정하다가 스마트폰 전원을 꾸욱 눌러 껐다. 어둡던 화면이 더 어두워졌다. 암흑 속에서 누군가 자신을 보고 있었다. 동그랗고 말간 눈들이 두 개, 네 개, 열 개⋯ 스무 개⋯ 점점 불어났다. 그중에서 두 쌍의 눈이 암전 속의 고양이 눈동자처럼 커졌다. 비정상적으로 커지면서 점점 또렷해지는 눈은 헤르메스와 태태맘이었다. 커질 대로 커진 두 사람의 얼굴이 고무풍선처럼 떠올랐다. 천천히, 조금씩 재희에게 다가왔다. 얼굴들이 눈앞까지 다가오자 그녀가 손을 들어 힘껏, 찔렀다. 뭉툭한 손톱이 푹, 들어가자 팡, 소리를 내며 두 개의 얼굴이 찢어졌다. 흩어진 얼굴에서 희미한 빛이 났다. 그 빛에 의지해 스마트폰의 전원을 켰다. 빛과 빛이 만나자 주변이 점점 환해졌다. 재희는 판매한 목록에서 유아차를 삭제했다. 현재 판매 목록과 구매 목록을 눌러 하나하나 지웠다.

-판매 중인 게시글이 없어요.

창백해진 화면을 보고는 어니언마켓을 빠져나왔다.

* * *

아파트 주 출입구에 엄마와 아이들이 모여 있었다. 몇 대의 노란 버스가 정차했다가 아이들을 태우고 떠났다.

"오늘따라 등원 버스가 늦게 오네요."

옆에 서 있던 동석 엄마가 말을 붙였다. 재희가 대답

대신 고개를 끄덕이며 동석과 동석 엄마를 보았다.

"이번에 로아는 C학원 레테 쳐요? 로아는 학원도 안 다니면서 레테 통과만 하니까. 학원 다니는 애들이 기죽잖아요."

동석 엄마가 말을 늘어놓더니 마지막을 웃음으로 얼버무렸다.

"이번에 쉬고 다음에 치려구요. 실력 확인이 필요한데 매번 하는 것도 애한테 스트레스여서요."

"그럼 이번엔 안 치는 거죠? 우리 동석이 준비 많이 했거든요."

동석 엄마가 박수를 치듯 두 손을 가볍게 모았다. 처음과는 다른 의미로 밝게 웃었다.

"준비 많이 했으면 레벨 잘 나올 거예요."

대답하는 재희의 표정도 부드럽고 온화했다. 매번 자신이 예상한 방향으로 말을 옮기는 동석 엄마를 보면서 그녀는 적잖이 당황하고 적당히 안도했다. 어쩜 저렇게 투명하게 제 속을 다 보여줄 수 있을까, 감정의 변화를 얼굴에 드러낼 수 있을까. 동석 엄마가 어린 여자아이처럼 귀엽게 느껴질 정도였다.

"어니언마켓 어플은 잘 사용하고 있어요? 교육 정보는 안 되지만 살림 정보는 제가 좀 나아요."

동석 엄마가 재희 어깨를 가볍게 치면서 말했다. 첫 거래 이후에, 재희가 동석 엄마와 시윤 엄마에게 고맙다는 인사를 했었다. 엄마들은 아이돌 팬클럽의 신입회원을 맞이하는 것같이 그녀의 어니언마켓 입성과 첫 거래를 환영했다. 이렇게 유난을 떨 일인가, 싶으면서도 재희는 은근히 기분이 좋았다.

"뭐…."

이번에는 재희가 말끝을 흐리며 어색하게 웃었다. 동석 엄마를 향하던 시선을 거둬서 도로 건너 저 너머를 바라봤다. 흔하게 묻는 인사말에 다른 의미가 깔려 있는 것만 같았다. 예민해진 감각으로 이어질 말을 기다렸다.

"요즘 어니언마켓 사기가 많더라구요, 조심해요. 나도 여러 번 거래해서 이제 잘 안다고 생각했는데 얼마 전에 사기 당할 뻔했다니까. 자전거 사려고 알람 걸어뒀는데, 계속 판매자가 먼저 선입금하라는 거야. 산다는 사람 많다고 선착순으로 판매한다고 해서, 계좌번호 받고 고민하는데 다른 사람이 쪽지를 보내왔어요. 그 판매자 블랙리

스트에 오른 사기꾼이라고. 쪽지 읽고 다시 들어가니 계정 삭제하고 도망간 거 있죠?"

대단한 비밀이라도 되는 양 동석 엄마가 왼손으로 입을 가리며 조심스러워했다. 근처에 사기꾼이 있어서 들으면 안 되기라도 하는 것처럼 말이다.

"중고 직거래 사기 이야기는 많이 들었는데 막상 나한테 일어나니 또 다르더라고. 여자 판매자한테만 접근해서 나쁜 짓 하는 사람도 있고. 절대로 아파트 동·호수 알려주고 집 앞 거래하지 말래요. 암튼 로아 엄마도 조심해. 얼마 안 해봐서 잘 모르잖아요."

사실 그 밤 이후, 재희는 어니언마켓을 멀리하고 있었다. 판매 목록과 구매 목록을 다 삭제해도 그곳에는 자신이 미처 지워버리지 못한, 폐기하지 못한 어떤 것들이 둥둥 떠다니고 있었다. 부유물을 잊는 방법은 간단했다. 해당 앱을 꾸욱 눌러 깜빡깜빡 표시가 날 때 X를 누르면 되었다. 앱을 설치하는 일보다 지우는 방법이 더 쉬웠다. 그럼에도 그녀는 지우지 않았다.

잠이 오지 않는 밤이 이어졌다. 잠든 로아의 통통한 손을 잡아도 그때뿐이었다. 아이는 몸과 마음이 건강하게 잘 자랐다. 명석한 두뇌와 학업 성취력은 유치원생이라고 믿기 어려울 정도로 뛰어났다. 재희는 그런 아들이 자랑스러웠지만, 언제까지 그것을 유지시켜 줄 수 있을지 의문이었다. 아이가 원하는 것이 늘어나고, 키가 크고 몸이 불며, 교육과정이 더 어려워지면 엄마표 수업에도 한계가 보일 것이다. 어니언마켓에서 조달할 수 있는 품목도 바닥을 드러낼 것이다. 로아의 능력이 커질수록 재희는 자신이 쪼그라드는 것만 같았다. 작고 작아져서 흐릿한 기미처럼 될 것 같았다. 그런 생각이 드는 밤이면 어니언마켓에 입장했다.

그곳에는 자신과 비슷한 생활을 하는 누군가의 하루가, 일주일이, 일 년이 고스란히 들어 있었다. 한때 환영받았지만 이제는 쓸모가 없어진 물건이 되돌아 앉아 있었다. 태태맘의 목록도 주기적으로 살폈다. 여자에게 버려진 물건을, 여자에게서 받아 갈 또 다른 이를 그려봤다. 재희와 10km 거리 안에 살고 있을, 자신과 만난 적 없는 누군가의 일상을 상상했다. 어떤 이의 목록에선 공감과 위로를, 어떤 이의 목록에선 분노와 박탈감을 느꼈다. 끈적하게 달라붙는 어떠한 것들을 떨쳐내려 도리질을 쳤다.

그렇게 이끼처럼 자라나는 감정들을 고스란히 받아내면서 어니언마켓 앱을 삭제하지 않았다.

아침부터 스마트폰 벨이 요란하게 울었다.
"제가 이런 거 묻는 거 예의가 아닌 거 아는데요. 그래도 다 같이 아이 키우는 입장에서 이야기해야 될 것 같아서 연락했어요."
평소와 다르게 동석 엄마의 목소리가 차분히 가라앉아 있었다.
"저도 시윤 엄마한테 카톡 받고 로아 엄마가 그럴 사람 아니라고 했는데, 확인해 보니 진짜 맞더라고. 로아 엄마 그렇게 안 봤는데 진짜 왜 그래요?"
"무슨 이야기에요? 쉽게 말해 봐요."
재희가 영문을 모르겠다는 듯 물었다.
"로아 엄마가 로아 책이며 교구를 레테 탑반 합격한 아이가 쓴 물건이라고 하면서 프리미엄 붙여 엄청 비싸게 팔고 있잖아요. 우리한텐 학원도 안 보내고 엄마가 직접 가르친다고 해 놓고. 뒤에선 애 물건 가지고 장난 치냐구요!"

"그게 무슨 말이에요? 제가 로아 물건을 어떻게 한다구요?"

"진짜 무슨 말인지 몰라서 그러는 거예요? 어니언마켓! 거기서 장사하고 있잖아요!"

동석 엄마의 말에 재희는 말문이 막혔다. 지금 어떤 말을 들은 거지? 내가 로아 물건을 프리미엄 붙여 팔고 있다고? 재희가 말을 잇지 못하자 동석 엄마가 되물었다.

"그거 로아 엄마 아니에요? 진짜 모르는 일이라고?"

전화를 끊고 어니언마켓 앱에 접속했다. 동석 엄마가 말한 아이디를 검색해 찾았다. 세상에! 그곳에는 재희가 이때까지 판매했던 물건들이 전시되어 있었다. 창작동화 전집과 수학 교구·교재, 유행이 지난 여름 원피스와 인조가죽 샌들, 선물 받고 먹지 않은 종합비타민과 스팸 선물세트가 나란히 있었다. 하나를 클릭했다. 재희가 썼던 상품 설명에 살을 붙여 더 자세하게 써 놨다. 재희가 쓰지 않은 내용을, 오프라인에서 그녀를 아는 사람들만 알 수 있는 내용을 말이다. 조금 더 상세하게 붙인 구절(-'엄마표 영어로 대형어학원 레테 탑반 나온 아이가 쓴 영어교재', '엄마표 영어를 꾸준히 하고 있는 엄마와 아이가 선택

한 책', 'A어학원 레벨테스트 비법을 알려드려요')때문에 해당 물건의 가치가 올라갔다. 재희가 판매한 금액보다 세 배 이상 높게 책정되어 있었다. 모든 물품이 그랬다. 전부 다른 사람에게 팔았는데. 어떻게 내가 판 물건을 다 모아 놓은 거지? 판매자 아이디를 봐도 짐작이 되지 않았다. 스마트폰을 들고 있는 재희의 손이 얼음처럼 차가워졌다. 손가락이 얼어서 꼼짝도 할 수 없었다.

문득, 노란 불빛 아래 서 있던 유아차가 떠올랐다. 판매 목록에 유아차가 있는지 확인해야 했다. 온기 없는 손가락으로 스마트폰 화면을 터치했다. 한 번, 두 번, 다섯 번… 열 번을 두드렸다. 아무리 터치해도 화면이 바뀌지 않았다. 스마트폰을 들어 아래위로 세게 흔들었다. 화면이 넘어가지 않았다. 유아차를 확인해야 하는데, 리스트를 봐야 하는데. 스마트폰 저쪽에서 누군가가 재희를 보고 있었다. 재희와 10km 거리 안에 살고 있을, 그녀와 만난 적 없는, 혹은 스치듯 거래했던 어떤 이가 재희와 로아를 유심히 응시하고 있었다. 응애응애, 응응응, 어디선가 발정 난 고양이가 울었다. 울음소리가 점점 굵어졌다. 재희가 목록을 확인하기 위해 스마트폰을 다시 터치했다.

탁, 탁, 탁탁. 터치하면 할수록 눈들이 많아졌다. 형체를 알 수 없는 검은 눈들이 쏟아졌다.

초대장

원영

길을 걷다가 누군가와 눈이 마주친 적이 있다. 우연히 마주친 눈에 어떤 이는 웃었고, 어떤 이는 황급히 고개를 돌렸으며, 어떤 이는 화를 내었다. 고개를 돌린 사람은 금세 잊었고, 웃어 준 사람 덕분에 한 나절이 즐거웠으며, 화를 낸 사람 때문에 며칠이 힘들었다.

우연히, 무심코, 그러니까 어쩌다 고개와 시선의 각도가 절묘하게 교차하는 순간이 발생했을 뿐인데, 그 사람은 왜 그렇게 화를 냈을까. 분노했을까. 어쩜 그에게는 이 일이 우연히, 무심코, 그러니까 어쩌다 벌어진 일이 아니라 틀림없이, 필연코, 그러니까 어떤 계획을 통해서 이끌어 낸 결과인 걸까. 그런 결과를 만들어 내기 위해 누군가와 고개, 시선의 각도가 절묘하게 교차하는 순간을 인위적으로 기다린 걸까.

하루에도 몇 번씩 낯선 이와 눈이 마주친다. 그럴 때마다 당신은 어떤 표정을 짓는가. 어떤 반응을 상대에게 돌려주는가. 여기 그 시선과 눈빛, 감정들을 온몸으로 받아내며 살아가는 이들이 있다. 세 사람인 동시에 한 명의 사람이기도 한, 여성들의 이야기가 있다.

from.
오선영

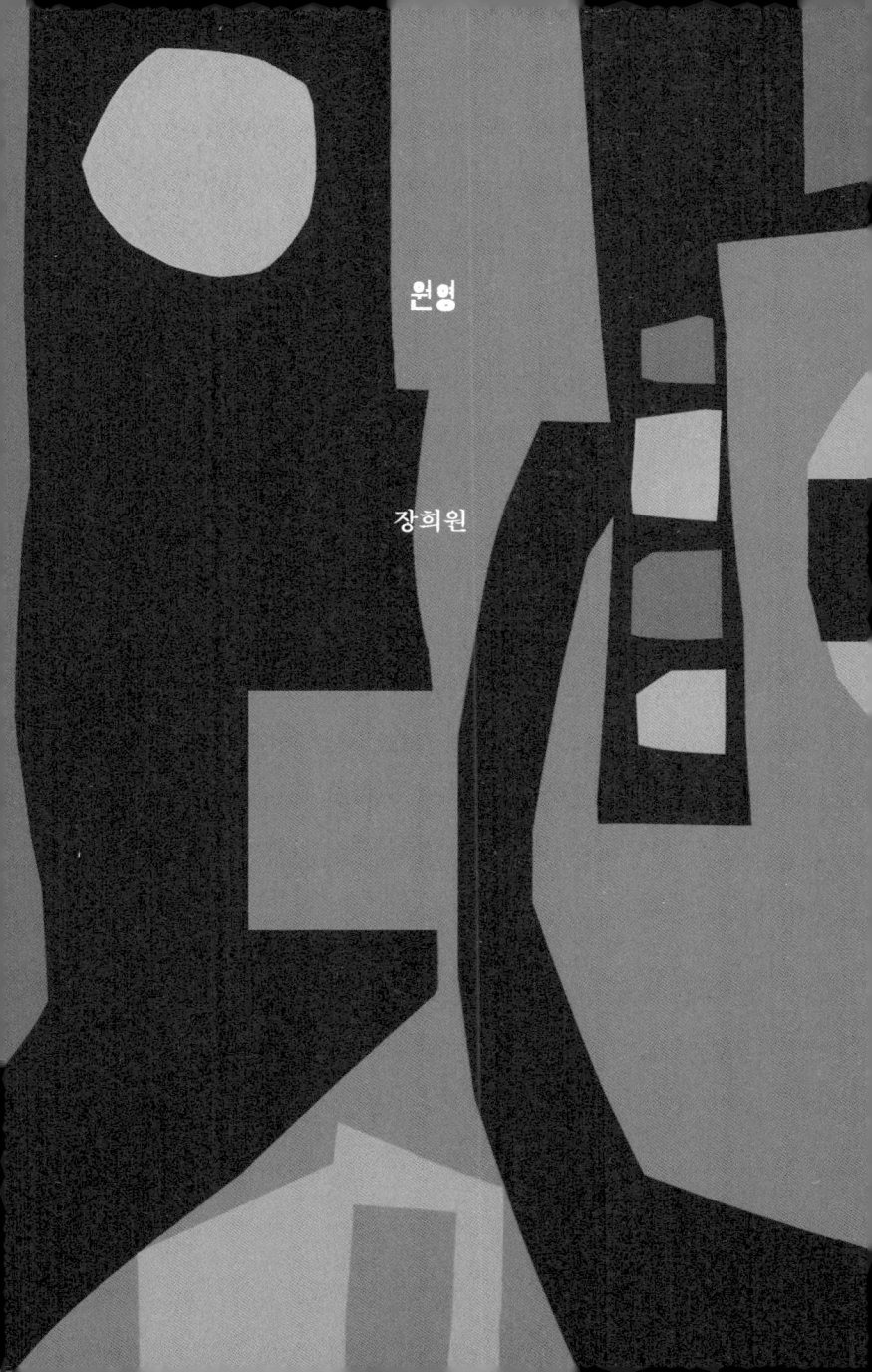
원영

장희원

언제부턴가 원영이 집 밖으로 나오지 않는다는 말을 들었을 때 나는 놀라지 않았다. 그냥 그렇구나, 하고 생각했을 뿐이었다. 원영은 원진의 동생으로, 나는 원진과 고등학생 때부터 절친한 친구 사이였다. 활달하고 언제나 주위에 사람들이 많은 언니와 다르게 원영은 늘 침울해하고 예민한 성격인 것 같았다. 아무것도 아닌 일에도 벌컥 화를 내거나 어렸을 때 원진과 드잡이를 하다 주저앉아서 울음을 터뜨렸다는 이야기를 들었던 적이 있어서 조금 무서운데…… 싶으면서도 한편으로는 그런 자매 사이가 부러웠다. 외동딸인 나는 목에 걸고 있는 열쇠로 아무도 없는 집에 들어가 혼자 있을 때가 많았기 때문이었다. 실컷 싸운 후 훌쩍훌쩍 울면서 같은 방에 이불을 펴고 잠자리에 들었다가, 슬쩍 스탠드를 켠 다음 더듬더듬 서로의 정수리를 살펴보는, 그런 여러 감정을 느낄 수 있는 사이가 신기하기도 했다.

"이번엔 좀 심각한 것 같아."

원진은 담배를 찾아 입에 물고는 중얼거렸다. 원영은 서울 변두리에 있는 예술대학에서 조소를 전공하고 있었는데, 본가가 서울이어도 부모님이 얻어준 학교 근처 오피스텔에서 자취를 하고 있었다. 하지만 학교는 한 학기만 다닌 후 이 년째 휴학을 하고 있었다. 휴학을 한 후 집으로 들어올 줄 알았지만, 그동안 말이 통하지 않는 사람들과 함께 있는 게 괴로웠다며 집으로 돌아가는 것을 거부했다. 그래도 가끔은 식구들과 함께 저녁을 먹거나, 계절에 맞는 옷가지들을 가져가는 것 같더니, 두 달 반이 넘도록 모습을 보이지 않아 어머니가 집으로 찾아갔다고 했다. 하지만 원영은 문을 열지 않았다. 대문을 사이에 두고 분명히 인기척을 느낄 수 있었지만, 원영은 그 안에서 꼼짝도 하지 않았다. 어머니는 하염없이 기다리다 사람을 불러 문을 열었다. 그리고 어둑하고 좁은 방 안에서 기다렸다는 듯 삽시간에 흩어지는 새카만 벌레들을 보았고, 그 안에 있었을 거라고 믿기 힘든 엄청난 양의 쓰레기들을 보았다.

"나중에 유튜브에 쓰레기 집이라고 검색해 봐."

원진이 설명하지 않아도 예전에 본 적 있었다. 불그스름하게 착색된 세면대 위로 담뱃갑이 쌓여있거나 이불 속에 납작하게 부패한 강아지나 고양이의 사체가 나오는 영상이었다. 어쨌든 그 후로 전문 업체를 불러 집을 청소하고, 다시 본가로 돌아갔지만, 얼마 가지 않아 원영은 다시 방을 얻어 집을 나갔다. 이번에는 아무도 모르게 그동안 모아두었던 자기 돈으로 반지하를 얻어 언젠가부터 밖으로 나가지 않은 채 거기서만 지낸다는 것이었다. 나는 문을 열었던 일이 상황을 더 악화시킨 것은 아닐까 하고 생각했지만 아무 말도 하지 않고 원진이 건네주는 담배를 조심스럽게 받았다. 우리는 오랜만에 만나 마지막 남은 한 개비를 나누어 피고 있었던 참이었다. 원진이 야근을 하고 나오는 바람에 주위 밤거리가 한산했다.

"그래서 말인데…… 네가 당분간 같이 있어 주면 안 될까."

 원진은 기대도 하지 않는다는 듯 아무런 높낮이 없이 말했다. 조금 당황해서 원진을 바라보았는데, 원진이 서늘한 눈빛으로 보고 있어서 진심이라는 것을 알았다.

 원진이 그런 부탁을 했던 이유는 원영의 곁에 아무도 없었기 때문이었다. 친구도, 가족도, 연락하는 사람도 없었다. 초, 중, 고등학교 시절은 물론, 한 학기 동안 다닌 대학에서도 원영은 제대로 된 친구를 사귀지 못했다. 물론 그때그때 함께 수업을 듣거나, 점심을 먹는 정도인 친구들은 있었지만, 깊은 인간관계는 맺지 못한 것 같았다. 가족들과도 마찬가지였다. 언젠가 원진은 원영을 한 인간으로서는 좋아하지 않는다고 고백한 적도 있었다. 하나뿐인 동생이고, 아무렇지 않게 함께 있을 수 있지만, 그것과는 별개로 한 인간으로서는 쳐다보기도 싫다는 게 자신의 진심이라고 했다. 자연히, 원영의 인간관계는 전무했고 그나마 알고 있는 사람이 나라는 것이었다. 나? 그래. 원진은 아주 오래전 우리가 대학을 졸업하고 나서 함께 떠난 교토 여행을 이야기했다. 그때 고등학교 2학년이었던 원영도 우리를 따라왔었다. 처음 외국에 와봤다는 말과 달리 원영은 불편한 기색 없이 아무거나 잘 먹고, 아무 데서나 잘 잤다. 끈끈한 다다미방에서 시큼털털하고 짜고 단 맛이 나는 절임을 무표정하게 집어먹거나, 호수를 구경했을 때 마침 물 밖으로 나와 뒤뚱뒤뚱 지나가는 거위들을 보고 농담 섞인 말을 해서, 셋 다 웃음을 터뜨렸던 적도 있었다. 그때의 원영은 그렇게 이상한 것 같지 않았는데. 물론 내가 원영에 대해서 알고 있는 게 그다지 많진 않았다.

"우리 같이 목욕도 했잖아."

원진은 더는 나에게 담배를 건네주지 않고, 가로등 아래로 담뱃재를 털며 중얼거렸다.

숙소에 작은 온천이 있어서 우리 셋은 저녁마다 그곳에서 함께 씻었다. 온천에 들어갈 때마다 원영은 느릿느릿 옷을 벗었고, 그냥 알몸으로 다니는 원진과 나와 달리 하얀 수건으로 자신의 몸을 조심스럽게 가린 채 들어와 탕에도 들어가지 않고 빠르게 씻고는 먼저 방으로 돌아갔다. 유난이다, 유난. 그런 원영을 보며 원진은 못마땅하다는 듯 혀를 찼다. 나 때문에 불편한가 봐, 하고 조심스럽게 속삭이자, 원진은 신경 쓰지 마, 하고 내 어깨를 가볍게 두드렸다. 쟤는 '미친년'이니까. 놀란 눈으로 보자, 원진은 대수롭지 않게 말했다.

"쟤는 원래 저래. 세상 모든 게 다 불편한 애야."

원진은 천천히 사라져가는 하얀 수증기를 보며 못마땅하다는 듯 고개를 저었다.

그러다 여행의 마지막 날, 전날 마신 술 때문에 종일 숙취에 시달리던 원진은 숙소에 도착하자마자 이불을 편 후 곯아떨어졌고, 나는 어쩔 수 없이 혼자 씻으러 갔다. 따뜻한 탕의 온도가 조금씩 익숙하게 느껴질 무렵, 원영이 온천으로 들어왔다. 이번에는 몸을 가리지 않은 채였다. 그동안의 여행으로 제법 친해진 우리는 눈이 마주치자마자 웃었다.

"원진이는?"

"계속 자요."

원영은 고개를 떨구고 정신없이 자는 원진을 흉내 냈고, 이윽고 진절머리가 난다는 듯 으, 하고 작은 소리를 덧붙였다. 나는 의외의 원영의 모습에 소리 없이 웃었다. 하지만 그 후로 원영과 나는 더는 아무 말도 하지 않았다. 우리는 탕에 몸을 깊숙이 담근 채 주위로 번져가는 포문을 바라보거나 뻐근한 고개를 뒤로 젖혀 천장을 바라보았다. 조용하지만, 이상하게 마음이 놓였다. 낯선 언어와 새로운 장소에서 오는 긴장감까지 사라진 데다 따뜻한 주변 공기와 익숙한 사람과 단둘이 있는 상황이 묘하게 안정감을 주었다. 나는 물이 떨어지는 소리를 들으며, 원영 또한 나와 비슷한 마음을 느끼고 있지 않을까 하고 생각했다. 그러다 잠깐 눈을 감았다가 떴다고 생각했는데, 어느새 탕에서 나와 씻고 있는 원영이 보였다. 원영은 하나뿐인 샤워기 앞에서 오랫동안 입을 헹구고 허리를 숙여 머리를 감았다. 어딘지 반듯한 인상을 주는 몸이었다. 별다른 특징 없이, 하얗고 마른, 어딘가 소년에 가까운. 그래도 나름의 미세한 굴곡이 있었고, 나나 원진처럼 겨드랑이도 있고, 가슴도 있고, 음모도 있는 평범한 여자의 몸이었다. 잠시 후 원영은 조심스럽게 조용히 문을 열고 나갔다.

원진의 말에, 나는 까맣게 잊고 있었던 그때의 원영의 몸을 떠올렸고, 어쩐지 내가 원영과 가까운 사이인 것처럼 여겨졌다. 이 세상에 원영의 몸을 본 사람은 얼마 없을 것 같았다.

"너하고 걔는 말이 잘 통할 거야."

원진이 생각에 잠긴 내 얼굴을 보더니 불쑥 그런 말을 했다.

"나하고?"

"응. 너도 예술을 공부했으니까. 우리 가족들보다야 너하고 잘 통하겠지."

어둠 속에서 원진이 씁쓸하게 웃었다. 가로등 아래 그림자가 얼굴에 드리워져 묘하게 조금 비웃는 것처럼 보이기도 했다.

나는 원진의 부탁대로 짐을 챙겨서 은평구의 한 주택단지를 찾았다. 주거지역이긴 하지만 지나다니는 사람도 없이 사방이 고요해서, 이렇게 신기할 정도로 조용한 곳이 서울에 있다는 게 믿기지 않았다. 하지만 인적이 드문 만큼 관리가 되지 않는 건지 한여름의 열기에 쓰레기가 썩어가는 냄새가 났고, 길 한복판에 뜬금없이 구형 냉장고가 세워져 있기도 했다. 나는 한참 동안 이름이 비슷한 빌라들 사이를 헤매다가 근처에 있는 원영이 사는 곳을 찾을 수 있었다. 오래된 빌라는 입구부터 춥고 서늘한 바람이 불었다. 계단을 타고 내려갈수록 마치 바람이 이곳에서부터 부는 것 같았다. 점점 더 또렷하게 축축한 기운이 느껴지고, 귓가에 미세한 바람 소리가 들리는 듯했다. 나는 초인종을 누르기 전 문 앞에 서서 잠시 망설였다. 아무래도 오랜만에 보는 사람이니까, 어떻게 인사를 건네야 할지, 또 원영이 어떤 모습일지 생각하고 있는데 센서 등이 툭 꺼지면서 주위가 온통 깜깜해졌다. 갑작스러운 암전에 당황해하는 사이 문이 조심스럽게 열리면서 "언니" 하고 원영이 나왔다.

원영의 모습은 그대로였다. 딱히 예전보다 나빠 보이지도, 좋아 보이지도 않았다. 오히려 짧게 단발머리를 하고 있어 교토에서 보았을 때보다 더 어려 보이는 것 같기도 했다. 쓰레기 속에 파묻혀 벌레들과 함께 살았던 사람이라고 믿기지 않을 만큼 산뜻하고 깔끔한 인상이었다.

"뭐 별다른 게 없죠?"

원영은 빛바랜 방 안에서 말했다. 정말 원영의 말처럼 별다른 게 없는 집이었다. 오래된 체리색 몰딩에, 침대로 쓰는 것 같은 푹 꺼진 천 소파가 있고, 작은 서랍장 하나와 욕조 없는 화장실이 있었다. 방에 있는 유일한 창문에는 창살이 있었다. 아니야, 꽤 좋은데. 나는 조심스럽게 소파에 앉으며 말했다. 창살 사이로 바깥의 빛이 방바닥에 길게 드리워져 있었다. 그런데 좀 어두운 것 같아. 아. 원영은 곧바로 현관 옆으로 가서 스위치를 눌렀다. 원영이 움직이자, 현관 등이 켜졌고, 곧바로 바깥의 센서 등도 켜지면서 대문 아래 작은 틈으로 그 빛이 새어 들어왔다. 이상하게 문틈 사이로 나가는 빛을 센서가 예민하게 포착하는 것 같았다. 그래서 원영은 초인종을 누르지 않았는데도 내가 왔다는 것을 알 수 있었던 것 같았다. 어쩌면 원영도 나처럼 한동안 문 앞에 있었을 수도 있겠단 생각을 하고 있는데 원영이 작은 목소리로 말했다.

"이렇게 지내는 게 익숙해서요."

나는 내가 원영을 불편하게 하는 것 아닌가, 하는 생각 때문에 미안해하며 딱히 상관없다고, 불을 끄고 있는 것도 꽤 괜찮을 것 같다고 했지만 원영은 무표정한 얼굴로 아무 말도 하지 않았다.

나는 가방 안에 있는 물건들을 하나씩 꺼냈다. 대부분 도록 같은 책들이었고, 노트북과 여러 영화가 담긴 외장

하드, 엘피 앨범들이었다. 무거웠겠다. 원영은 법전 같은 도록의 표지를 쓸어보며 말했다. 아니야, 그렇게 무겁진 않았어. 하지만 내가 입고 있는 셔츠 위로 가방끈 모양의 땀자국이 있어서 내 말은 그렇게 믿을 만하게 들리지 않았다. 원영은 잠시 내 겨드랑이 쪽을 보더니 말없이 책장을 넘겼다.

나는 미학과를 졸업했다. 그래서 원진은 내가 원영과 공통점이 있을 거라고 여긴 듯싶었다. 원영의 부모님은 원영에게 간곡하게 더 이상 정신과에 가자고 강행하거나, 억지로 나오게 하지 않을 테니 이따금 나와 만나서 시간을 보내는 게 어떻겠냐고 했다. 몇 번의 실랑이 끝에 마지못해 원영은 나와 만나는 것을 허락했고, 나는 원진과 부모님의 부탁으로 원영과 함께 볼 영화나 책들을 가져온 것이었다. 하지만 원진의 말과 달리 나는 예술을 전공한 게 아니었다. 물론, '미학 이론'과 '예술 이론' 중에서 내가 선택한 전공이 '예술 이론'이긴 했지만…… 대개 들뢰즈나 니체, 아도르노 같은 서양 철학자들을 공부했고, 그것을 바탕으로 대충 결이 비슷하다고 생각한 회화와 영상, 문학작품을 연결해 졸업 논문 한 편을 쓴 게 전부였

으므로 그것을 두고 예술을 공부했다고 말하기는 어려웠다. 부끄럽지만 나는 대학에 가기 전만 해도 막연하게 어떤 것의 이면에 있는, 남들이 보지 못하는 것을 볼 수 있는 법을 배울 거라고 기대했었다. 하지만 결국 일주일에 세 번 강남의 한 논술학원에서 아이들을 가르치는 사람이 됐을 뿐이었다. 나는 원영이 어떤 것을 좋아할지 몰라 오래전 교양 시간에 봤던 작품 중에서 좋다고 생각한 것들을 모아 가져왔다. 원영은 기괴하게 입을 벌리고 정면을 보고 있는 한 인물의 흑백 스케치를 유심히 보다, 다시 무표정한 얼굴로 다음 장을 넘겼다.

나는 일주일에 한두 번 원영의 집에 찾아가 영화를 보거나, 책을 읽다가 돌아오곤 했다. 처음에는 원영과 할 말이 없어서 교토 여행에 대해 그때 재밌었지? 그때 기억나? 같은 말을 건넸지만, 원영은 그저 네 하고 대답할 뿐 별다른 말을 하지 않았다. 우리가 조금은 친한 사이라고 생각했던 터라 무안했지만, 시간이 지나면서 차츰 익숙해졌다. 어떤 면에서 편안하기까지 했다. 불필요한 말 없이 각자 소파에 앉거나 바닥에 엎드려 오랫동안 무언가를 읽거나 보는 일이 특별하게 여겨졌고, 이런 관계가 나쁘지 않다고 생각했다. 원진의 이야기와는 달리 원영은 말수가 적은 것일 뿐, 오히려 내 쪽으로 이런저런 신경을 쓰고 있다는 것을 눈치챌 수 있었다. 그래서인지 나는 조금씩 원영이 좋아졌다. 원영의 공간도 익숙해졌다. 창살 사이로 들어오는 흐릿한 빛과 전체적으로 어둑하고 음습한 벽에 둘러싸여서 작은 암굴이나 방공호에 들어온 것 같은 기분이 드는 곳이었다. 빔프로젝터로 영화를 보기에도 괜찮았다. 화질이 흐릿했지만 온전하게 한 벽면에 영상이 흘러나오거나, 턴테이블에 흘러나오는 음악이 공간을 꽉 채우는 것도 좋았다.

"별로에요."

원영은 자리에서 일어나 턴테이블을 꺼버렸다. 너무 시끄러워요. 내 귀에는 부드럽고 잔잔한 음악이었지만 나는 말 없이 고개를 끄덕였다. 우리는 조용히 계속해서 각자 보던 책을 읽었다. 그러다 문득 내 쪽을 등지고 바닥에 엎드려 있는 원영이 무슨 생각을 하고 있는지 궁금해졌다. 원영은 내가 신경 쓰이지 않을까? 아무래도 혼자 있는 게 더 편하고 좋을 텐데. 내가 가져온 것 중에 조금이라도 마음에 드는 게 있을까? 하지만 알 수 없는 일이었다. 나는 다시 책으로 눈길을 돌렸다가 어느 순간부터는 몽롱한 기분이 들었고, 아무래도 반지하니까, 땅 아래에 있어 공기가 부족한 걸까 같은 생각을 하다가 잠이 들어버렸다. 얼핏 눈을 감기 전 원영의 까닥거리는 다리를 본 것도 같았다.

다시 눈을 떴을 때는 방안이 미묘하게 푸르스름하게 변해 있었다. 초여름이라 저녁이 되어도 밝았지만, 여기는 조금이라도 해가 지면 바깥보다 더 어둑해지는 것 같았다. 방안은 처음에 왔을 때처럼 다시 불이 꺼져 있었다. 나는 멍해진 기분으로 잠시 주위를 둘러보았다. 불균일한 어둠 속에서 아까 그 자리에 엎드리고 있는 원영을 보았다. 나 때문에 불을 끈 건가 싶기도 했지만 작게 콧노래를 흥얼거리며 아까보다 더 활기차게 다리를 까닥거리는 것으로 보아 꼭 그런 것도 아닌 것 같았다. 이런 어둠 속에서 책이 보이나? 싶었지만 원영은 한결 더 편안해 보였다. 나는 주변이 점점 더 또렷하게 다가오는 것을 느끼며 내 머리 위에 있는 창문을 올려다보았다. 아무도 지나다니지 않는 길이 있었다. 검고, 군데군데 침 자국이 있는 더럽고 서늘한 아스팔트 길이었다. 이 세상에 아무도 우리가 여기 있다는 걸 모를 것 같았다. 나는 한참 동안 해가 지고 있는 고요한 거리를 보았다.

"아."

잠시만요. 원영은 인기척을 느꼈는지 다시 일어나 불을 켜려고 했다. 그러지 마. 나는 손을 저었다.

"이렇게 있는 게 더 좋아."

나는 소파에 누워 창밖을 가리켰다. 원영은 의아한 표정으로 나를 보았다가 창밖을 보았다. 고양이 한 마리가 쇠창살에 딱 붙은 채 앞발을 핥고 있었다. 몹시 더럽고 탁한 빛깔을 가진 데다, 아직 성묘가 되기 전이었다. 고양이는 사람들을 피해 조용한 곳을 찾아 헤매고 다녔는지 오랫동안 그곳에 웅크리고 앉아있었다. 우리는 고양이가 떠나갈 때까지 숨소리를 죽인 채 지켜보았다. 나는 원영의 얼굴이 미세하게 밝아진 것을 알아차렸다.

그 후로 우리는 모든 불을 꺼둔 채 지냈다. 도저히 책을 읽을 만한 환경은 아니어서, 책 읽기는 그만두었다. 잘 됐어요. 재미없었거든요. 원영은 도록을 돌려주며 말했다. 알고 보니 대학에 가기 위해 잠깐 학원을 다녀서 미대에 입학한 거지, 꼭 미술을 공부하고 싶었던 것은 아니었다고 했다. 그러면서도 원영은 아주 오래전에 그렸다는 그림들을 보여주었다. 그냥 연습 삼아 그려본 것들이라고 말하면서도 원영이 어딘가 모르게 부끄러워한다고 느꼈고, 나는 그림을 볼 줄 몰랐지만, 진심으로 좋다고 대답했다. 그 말에 원영은 조금 기뻐하는 것 같았다. 우리는 이따금 창밖에 지나다니는 고양이들을 구경했고, 고양이들이 조금만 더 창가에 머물러줬으면 좋겠다고 말하거나, 천천히 이동하는 구름이나 날씨를 두고 이야기를 나누었다. 원영은 아주 작은 것을 알아차리고 그런 발견을 기뻐할 줄 알았고, 그런 솔직한 모습이 보기 좋았다. 무언가를 보는 일이 지루하게 느껴질 때쯤이면 함께 바닥에 누워 낮잠을 자기도 했다. 갑작스러운 소나기에 비가 튀는 소리를 들으며, 오랫동안 감지 않은 원영의 머리 냄새를 가까이에서 맡는 것만으로도 원영과 훨씬 친밀해지는 기분이었다.

"혼자 있으면 무섭지 않아?"

언젠가 어둑한 천장을 바라보며 이런저런 이야기를 하

다가 묻자, 원영은 아니오, 하고 대답했다. 그리고 기지개를 켜듯 머리 위로 손을 뻗었다가, 천장을 향해 손으로 개나 나비를 만들었다. 우리의 얼굴 위로 커다란 그림자들이 스쳐 지나갔다.

"언니는 안 무서워요?"

원영은 창문을 올려다봤다. 처음에는 저기로 다니는 것을 말하는 줄 알았는데, 그게 아니라는 것을 알았다.

원영은 정확히 언제인지 기억은 나지 않지만 늦은 밤 원진과 함께 지하철을 탄 적이 있다고 했다. 막차였고, 신기하게도 사람이 아무도 없어서 운이 좋다고 생각하며 자리에 앉았는데, 노약자석에 한 노인이 앉아있었다. 그는 원영이 앉자마자 호기심 어린 눈으로 원영을 보았다. 처음에는 누군가가 자신을 보는 줄 모르고 음악을 듣고 있었지만 자꾸만 시선이 느껴져 무심코 그쪽을 바라보았다고 했다. 노인은 원영과 눈이 마주치자마자 웃었다. 그리고 입을 벌렸다. 입안이 검었다. 누런 눈과 검은 입. 그는 뜻밖에 유희 거리가 생겨 즐겁다는 듯 음흉한 얼굴이었다. 심지어 그런 자신의 감정조차 감출 생각이 없어 보였다. 그의 얼굴은 순수하게 감정을 그대로 드러낸다는 점에서 아이 같아 보이기도 했고, 또다시 노인처럼 보이기도 했다. 그는 당황해하는 원영의 눈을 보고 만족스럽다는 듯 웃었다. 원영이 자신의 존재를 알아차려 기쁘다는 듯, 그리고 무엇보다 원영이 자신을 불편해하는 게 재밌다는 듯. 애써 원영은 다른 곳으로 눈길을 돌렸다. 하지만 그는 시선을 거두지 않았다. 노인은 계속해서 빤히 원영을 바라보았다. 시간이 흐르면서 원영이 더는 자신을 보지 않자 그는 얼굴을 일그러뜨리기 시작했다. 그리고 원영을 노려보았다. 직접적으로 말하지 않아도, 기운이나 눈빛으로 전해지는 노인의 노기 때문에 저절로 몸이 움츠러들었다. 한참을 노려보던 그는 자리에서 일어나 천천히, 아주 천천히 한 걸음씩 원영과 원진이 있는 곳으로 다가왔다. 지하철은 그들이 앉은 자리 외에 텅 비어 있었다. 그는 당당히 원영의 맞은편에 앉았다.

"그러고는?"

나는 굳은 얼굴로 물었다.

"아무것도 안 했어요. 그냥 봤어요. 그렇게."

원영이 무표정한 얼굴로 대답했다.

원영은 그와 나란히 마주 앉아서 갔다. 그대로 일어나

다른 칸으로 가버리거나, 다음 역에 내려버리면 될 텐데 몸이 굳어버려 움직일 수 없었다. 뭐지. 원영은 고개를 숙인 채 생각했다. 뭐야, 왜 저렇게 사람을, 타인을 함부로 봐. 아무렇지도 않게. 사람이 저렇게까지 입을 벌리고 좋아하며 웃을 수 있다는 것이 징그러웠다. 그런데…… 내가 왜 이러고 있지? 왜 내가 죄인처럼 이렇게……. 원영은 고개를 들어야겠다고 생각했다. 내가 잘못한 게 아니니까. 나도 고개를 들어서 저 사람을 볼 수 있는 것 아닌가. 원영은 오랫동안 망설이다 마음을 굳혔다. 그리고 그 순간 옆에 있는 원진이 원영의 손을 쥐었다. 그러지 마. 원영이 손을 빼려고 하자 다시 원진이 원영의 손을 고쳐 쥐었다. 어쩐지 조금은 절박한, 간절한 마음 같은 것을 느꼈고, 원영은 자신의 손을 쥔 언니의 손을 한참 동안 바라보았다. 문득 정신을 차리고 고개를 들었을 때는 노인은 사라지고 없었다.

원영은 손으로 계속해서 이런저런 모양의 그림자를 만들었다. 이번에는 토끼였다. 나는 어둠 속에서 하얗고 가느다란 원영의 손가락을 보았다. 아주 이상한 기분이었어요. 원영은 오랫동안 그 일을 생각했다고 했다. 그 새끼가 어떻게 웃었더라, 어떻게 입을 벌리고, 어떻게 좋아했더라……. 그리고 원진의 손. 자신을 붙잡은 언니의 손…… 그런 생각들을 하다 보면 결국 고개를 숙이고 있던 자신이 떠올랐고, 그게 화가 나 견딜 수가 없다고 했다. 왜 우리는 그러고 있었을까. 대체, 왜.

"그러지 마."

나는 조심스럽게 말했다. 나는 누구라도 그런 일들을 겪는다고, 나조차도 기억할 수 없을 정도로 그런 일들이 많았다고 했지만 내가 들어도 그건 너무 흔한 말 같았고, 그래서인지 내 마음과 달리 아무런 무게가 느껴지지 않았다. 나는 원영의 침묵 속에서 조금씩 서글픈 마음이 되어갔다.

"알아요."

원영은 애써 그러지 않아도 된다는 듯 차분하게 말했다.

"그런데…… 그게 잘 안 돼요."

그리고 우리는 한동안 아무 말 없이 천장을 뒤덮은 검은 달팽이를 함께 바라보았다.

본격적으로 여름이 되면서 푹푹 찌는 더위가 계속되었다. 원영의 집에는 에어컨이나 선풍기가 없었다. 원영은 필요한 걸 못 느끼겠다면서 굳이 그것들을 사고 싶지 않아 했다. 빛이 들지 않고 음습한 지하지만 오히려 바깥보다 더 숨이 막혔다. 반지하라 여름이면 시원한 줄 알았지만, 창을 열어두면 정오에 햇볕이 조금 들어왔고, 그 작은 햇볕에도 열기가 느껴졌다. 조금이라도 들어온 열기는 쉽게 빠지지 않았고 천천히 열이 식을 때까지 기다려야 했다. 마치 고집스러운 짐승의 뱃속에 들어와 있는 것 같은 기분이었다. 게다가 장마철이 되면서 벽지 위로 얼룩이 드러나기 시작했는데, 나는 원영에게 말하지 않았지만, 그것이 곰팡이가 아닐까 하고 추측했다. 자세히 들여다보면 겉으로 초록색이나 노란색으로 둥그런 막이 점점 퍼져가고 있었다. 하지만 원영은 아무래도 상관없는 듯했다. 그래도 점점 더워지는 열기에 힘든 것은 마찬가지인 것 같았다. 언젠가부터 원영은 위에 속옷을 입고 있지 않았다. 어둠 속에서도 얇은 티셔츠 위로 선명하게 유두가 도드라져 보였다. 처음에는 당황스러웠지만, 이내 아무렇지 않게 여겨졌다. 여긴 원영의 집이었고, 나조차도 집에

가면 갑갑하게 죄어오는 속옷을 풀었기 때문이었다.

"언니도 벗어요."

원영은 손부채질을 하다 소파에 축 늘어져 있는 나에게 말했다. 그리고 아예 옷을 갈아입으라며 자신의 반바지를 가져왔다. 평상시의 나라면 절대 입지 않을 무척 짧은 바지였지만 결국 더위를 이기지 못해 원영의 옷을 빌려 입었다. 뭐 어때요. 여긴 우리밖에 없는데. 잘 어울려요. 이제는 익숙해진 공간에서 원영과 더 이상 거리낌 없이 편하게 지낼 수 있다는 게 조금은 기뻤다. 그래서 어느 순간부터 나는 원영의 집에 들어서자마자 옷을 벗게 됐다. 우리는 짧은 반바지나, 아니면 속옷만 입은 채 품이 커다란 티셔츠만 입고는 사이좋게 아이스크림을 퍼먹거나, 내가 편의점에서 사 온 얼음을 입속에 녹여가며 더위를 이겼다. 찬물로 샤워를 하고는 잠깐 아무것도 입지 않고 습하고 더운 공기 중으로 우리의 몸에 맺힌 물방울이 날아가기를 기다리기도 했다. 이제 더 이상 무언가를 보거나, 읽을 힘도 나지 않았고, 무엇보다도 조그맣게 웅웅거리는 소리를 내며 돌아가는 빔프로젝터나 노트북의 열기도 감당하기가 힘들었다. 아주 짧은 순간의 서늘함에 기대어 잠을 청하는 것만이 우리가 함께 할 수 있는 유일한 일이었다. 하지만 그마저도 잠에서 깨면 목 주변이 땀으로 번들거렸고, 아무리 푹 자고 일어나도 머리가 무겁고 멍한 기분이었다.

그 날도 샤워를 하고는 젖은 머리를 말리지 않은 채 티셔츠만 입고 잠들어 있었다. 하지만 이상한 기운을 느껴 힘겹게 눈을 떴다. 내 옆에서 원영이 꼼짝도 하지 않은 채 허공을 보고 있었다. 처음에는 가위에 눌린 거라고 생각했다. 멍한 눈빛에, 식은땀을 흘리고 있었고, 내 손등 위에 얹은 원영의 손이 차가웠다. 원영아. 나는 원영을 부드럽게 깨웠지만 원영은 여전히 그대로였다. 뭐야, 왜 그래. 나는 원영의 시선을 따라갔고, 원영이 보고 있는 창문이 미세하게 열려있다는 것을 발견했다. 분명히 창문을 닫아놓았는데, 작은 틈 사이로 검은 슬리퍼를 신은 발이 보였다. 그리고 순식간에 사라져버렸다.

나는 재빨리 바지를 입고는 바깥으로 뛰쳐나갔다. 하지만 아무도 없었다. 낮은 주택과 빌라들 사이로 한낮의 적막이 흐르고 있었다. 이게…… 뭐지? 그때까지도 멍한 기분이었던 나는 달리면서 점점 더 화가 나는 것을 느꼈다. 그리고 그렇게까지 내 몸을 '느낀' 적은 처음이었다. 심장이 멎을 것 같은 분노로 온몸의 감각들이 예민해졌다. 한여름의 태양 빛이 정수리를 뜨겁게 달구었고, 건조하고, 조용한 동네에서, 내가 땀을 이렇게 많이 흘리고 있다는 걸, 그리고 지금 내가 입고 있는 게 원영의 바지라는 것을 깨달았다. 나는 이곳저곳을 뛰어다니다가, 다리가 풀리는 것을 느꼈고, 자꾸만 허벅지 위로 올라가는 반바지를 끌어 내렸다.

나는 허무한 마음으로, 그리고 뜨거워진 열기에 어지러움을 느끼면서 돌아왔다. 그때까지 원영은 아무것도 입지 않은 상태로 누워있었다.

"일어나."

왜 그러고 있어. 일어나. 내 말에 원영은 굼뜨게 일어나 주섬주섬 옷을 입었다. 우리는 어색해진 채로 각자 입을 다문 채 잠시 앉아있었다. 잠시 후 나는 떨리는 목소리로 정확히 거기에 누가 있던 게 맞는지, 언제부터 있었는지, 어떤 생김새였는지 등을 물었다.

"몰라요."

원영은 잠긴 목소리로 대답했다.

"모르겠어요."

나는 아무 말도 하지 않고 온몸이 굳어 있던 원영을 떠올렸다. 겁에 질린 채 어딘가를 보는 원영의 얼굴을 똑똑히 기억했다.

"정말…… 모르겠어요."

원영은 지친 목소리로 같은 대답만 할 뿐이었다. 나는 점점 더 뜨거워지는 머리를 식히며 회색 벽의 여러 색깔의 얼룩을 노려보았다. 원영에게 화가 난 게 아닌데, 이상하게 아무 말도 하고 싶지 않았다. 어쩌면 한낮의 너무 뜨거운 열기 때문일지도 몰랐다. 원영도 나처럼 굳은 얼굴이었다. 나는 아무 말 없이 가방을 챙기고 나가버렸다.

나는 골목을 나오면서 신고를 했다. 휴대전화 너머 남자는 원영의 집 주소를 물었고, 나는 정확한 주소를 외우고 다니지 않았으므로 동 이름을 말했다. 그리고 다시 다른 경찰서로 인계되었고…… 며칠 후 정확히 그쪽에는 씨씨티비가 없지만, 인근 카메라들을 살펴보고 있다는 정도의 답변을 받을 수 있었다.

그 후로 다시 원영을 찾아갔지만 우리는 처음처럼 어

색해져 버렸다. 원영은 내가 오기도 전에 방 안의 모든 불을 밝히고 있었다. 모든 게 선명해진 방 안에서 이상하게도 벽에 있던 곰팡이의 흔적들은 어두웠을 때보다도 흐릿하게 보였다. 원영은 그 후로 별다른 일이 없었지만 아무래도 이사를 가야 할 것 같다고 말했다. 여기 좋았는데, 아쉬워요. 원영은 어둠 속에서 숨죽인 채 고양이를 보거나, 창밖을 보는 일을 떠올리는 듯 아련한 표정을 지었다. 그리고 이사를 한 후에 원진을 통해 집 주소를 알려주겠다고 했다. 그래, 거기서는 셋이서 집들이 겸 아이스크림을 먹자, 라는 내 말에 원영은 희미하게 웃었다. 나는 원영의 배웅을 받으며 문밖으로 나가 빌라의 계단을 오르다가, 잠시 멈춰 서서 뒤를 돌아보았다. 잠시 후 센서 등이 툭 하고 꺼져버렸다. 그리고 나는 한참 동안 다시 그 센서 등이 켜지길, 내가 움직이지 않아도 그 등이 다시 한번 켜지기를 기다렸다. 하지만 여전히 어둠 속에 나 혼자 있을 뿐이었다.

그 후 원영의 소식을 들을 수 없었다. 나는 빠르게 원영을 잊어갔다. 물론 이따금 생각이 나긴 했지만, 언제나 그런 생각은 잠시뿐이었고, 다른 할 일들이 많았다. 일주일에 세 번씩 출근하던 일은 이제 다섯 번이 되었고, 입시철이 다가오면서 전보다 훨씬 더 바빠졌다. 그러다 우연히, 아주 우연히 인터넷 뉴스로 그곳에서 불이 났었다는 기사를 읽었다. 재개발에 대한 보상금에 대해 불만을 품고 주민 중 누군가가 그 일대에 불을 질렀다는 내용이었다. 나는 학원 교무실 책상에서, 그리고 집으로 가는 지하철 안에서, 집으로 돌아와서도 계속해서 같은 기사를 검색했는데, 별다른 내용은 없었고, 한여름 내내 내가 다니던 골목과 골목 사이에 바리케이드가 쳐져 있거나, 뜬금없이 서 있던 냉장고 옆에 여러 대의 소방차가 세워져 있는 사진들만 찾을 수 있었을 뿐이었다. 나는 어둑한 지하에서 창 쪽을, 환한 거리를 바라보고 있을 원영을 떠올렸다. 원영은 이사를 갔을까. 여전히 그곳에 있었다면 그 거리로 나갈 수 있었을까. 하지만 여전히 알 수 없는 일이었다.

그해 연말 원진은 대리로 승진을 하게 되었다며 몇몇 친구들과 조촐한 술자리를 가졌다. 원진은 나를 보고 반가워했다. 하지만 원영에 대한 이야기는 하지 않았다. 마치 원영과 함께 있어달라는 부탁을 까맣게 잊은 사람처럼 굴었다. 나도 원영에 대한 이야기는 하지 않은 채, 학원 아이들에 대한 험담이나, 회식 때 갔었던 괜찮은 술집, 새로 시작하게 된 운동에 대한 이야기들을 했다. 시간이 흐른 후 원진은 한곳에 오래 있어 답답하다며 밤공기를 마시고 싶다며 밖으로 나갔다. 나도 슬며시 원진을 따라나섰다. 원진은 가로등 아래 담 위에 앉아, 내가 앉기 좋게 옆으로 몸을 옮겼다. 그러고는 숨을 내쉬며 고개를 젖힌 채 밤하늘을 바라보았다.

"별 봐. 진짜 좋다."

나도 원진을 따라 밤하늘을 올려다보았다. 까만 밤하늘에 아주 작은 별들이 보였다. 한참 동안 별을 올려다보던 원진은 춥다며 팔뚝을 쓸며 담에서 내려왔다. 오래 있었더니 춥다. 이제 가자. 나는 마음이 초조해졌다. 저기, 있잖아…… 원영이는? 내 말에 원진은 몸을 뒤돌아 나를 보았다.

"걔가 누군데."

원진은 심술궂게 말했다. 그리고 곧바로 내 굳은 얼굴을 보며 웃음을 터뜨렸다. 농담이야. 왜 그런 표정을 지어.

나도 원진을 따라 어색하게 웃었다.

"원영이는…… 잘 있어. 예전보다 좋아졌어. 진짜로."

걱정해줘서 고마워. 어둠 속에서 원진이 말했다. 원진은 춥다며 들어오라고 한 후 서둘러 식당으로 들어가 버렸다.

나는 별다른 일 없이 다시 일상으로 돌아왔다. 매일매일 같은 길을 다니고 익숙하고 편안한 장소들을 무표정하게 걸어 다녔다. 그러다 아주 가끔 누군가가 나를 보고 있다는 시선이 느껴지면 뒤를 돌아보고 싶어질 때가 있었다. 거기에 아무도 없다는 것을 알면서도 그랬다. 그러던 어느 날 나는 한낮의 어느 까페에 앉아 유리창 너머로 사거리에서 지나가는 사람들을 내려다보았다. 신호등이 바뀔 때마다 무수히 많은 사람들이 일제히 횡단보도를 건너며 사라졌고, 다시 다른 사람들이 걸어와 신호를 기다리고 있었다. 특별한 것도 없는 매일같이 보던 장면을 왜 이렇게까지 오래 보고 있을까, 라는 생각이 들었지만 눈길을 뗄 수 없었다. 그러다 어떻게 사람들은 저렇게 아무렇지 않게 다닐 수 있는 걸까 라는 생각이 들며 그 모습이 몹시 낯설게 느껴질 때쯤, 나는 원영을 떠올렸고, 내가 지금 간절한 마음으로 원영을 찾고 있다는 것을 깨달았다. 그 거리의 무수한 사람들 속에서 그 누구도 아닌 원영이 햇빛을 받으며 걸어가는 모습을, 그런 평온하고 아무것도 아닌 장면을, 나는 간절히 바라고 있었다.

초대장

타깃

누구에게나 타인의 눈길에 사로잡힐 때가 있다. 과연 그 사람은 무엇을 보고 있는가, 라는 질문에 사로잡힌 채 꼼짝할 수 없는 바로 그 순간. 황유미의 "타깃"은 응시에 사로잡힐 때, 쉽게 명명할 수 없는 바로 그 실재적인 공포를 담아내고 있다. 인물들은(그리고 현실의 층위에서의 우리도) 타인을, 대상을 쉽게 겨냥하지만, 그러한 시선에서 자신도 자유롭지 않는 모습에서 서로가 서로에게 '대상'이 되고 '겨냥'이 될 수 있는 현실의 모습을 여과 없이 보여주고 있는 듯하다. 이러한 지점과 더불어 가장 중요한 것은 그 별것 아닌, 무심코 바라보는 응시의 이면에 어떤 것들이 있는지 다시금 생각해 볼 필요가 있다는 것을 짚는다는 점이다.

"타깃"의 가장 큰 공포는 혐오의 재현이 아니라, 대상화된 누군가의 고통을 조금이나마 느껴볼 수 있다는 것이다. 끝없는 의심에 사로잡힌 채, 점액질과 같은 끈끈한 미지를 쉽게 떨쳐버리지 못하는 겁에 질린 몸부림을 보며, 나의 시선에 누군가도 이런 고통을 느끼지 않았을까, 라는 생각을 차마 떨칠 수 없게 만든다. 혐오의 시선은 이토록 쉬운데 반해, 그에 따르는 타인의 고통을 생각해야 할 때, 그리고 그동안 과연 정말 나는 무엇을 보고 있었던 것인지를 다시금 생각해보아야 할 때, 나는 "타깃"을 다시 읽게 될 것 같다.

from.
장희원

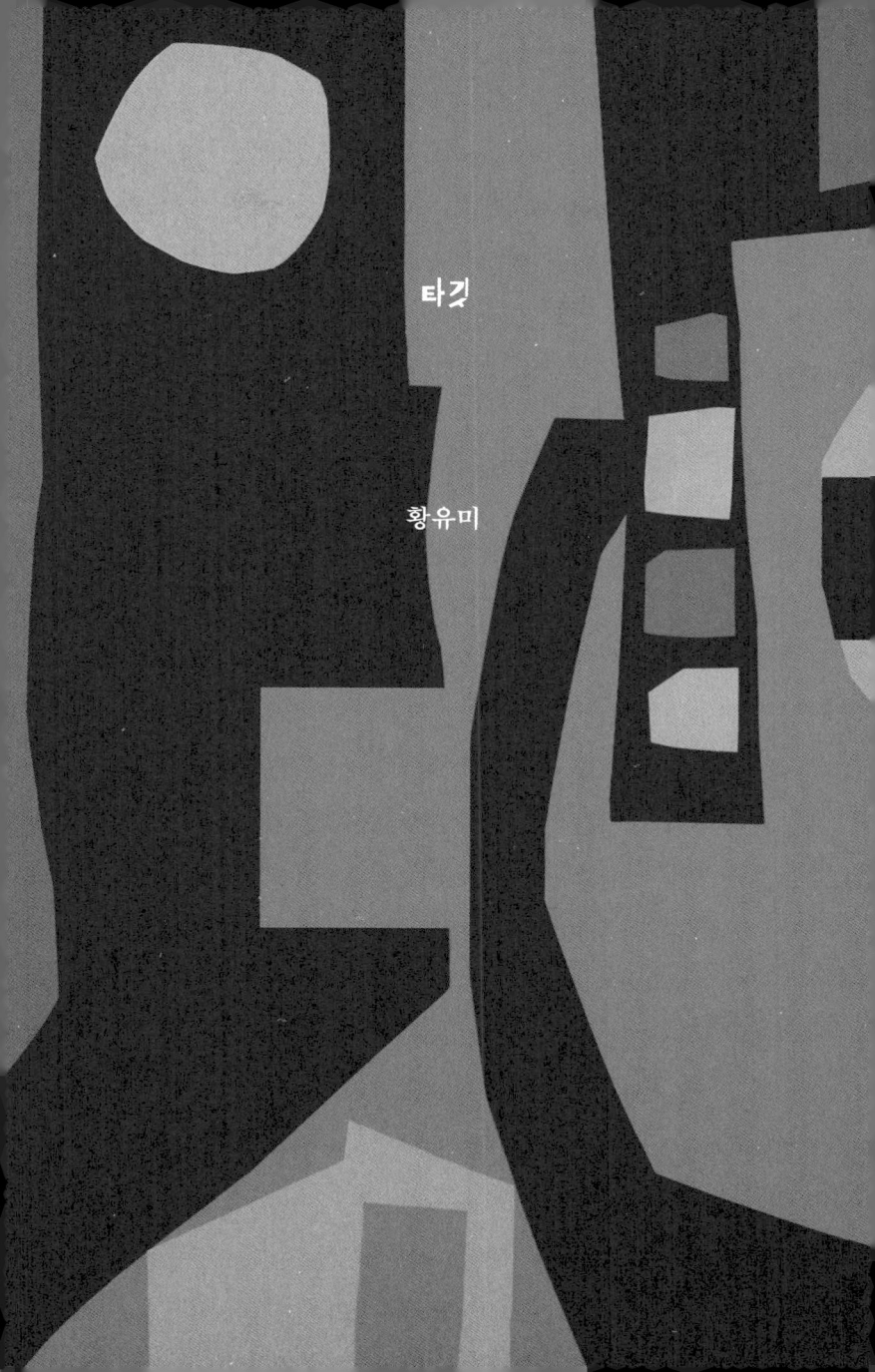

고작 손가락 하나였다. 선글라스를 집어 든 손가락 모양이 의심스럽다는 댓글을 발견했을 때만 해도 지원은 그 말뜻을 이해하지 못했다. 유동인구가 많은 동네에 위치한 소품 가게가 휴일에는 더욱 붐비듯, 블랙프라이데이 시즌을 기해 마련된 제품 할인 소식을 전하는 게시글에는 평소보다 이목이 집중되기 마련이었다. 가게 문을 여닫으며 무슨 말이든 한마디씩 얹고 사라지는 손님이 있듯, 지원이 지키는 상점에도 발자국을 남겨야만 직성이 풀리는 사람들은 있었다. 그게 "안녕하세요" "안녕히 계세요"와 같은 인사말이든, "잘 보고 갑니다"처럼 예의상 건네는 말이든.

듣는 사람을 고려해 말의 형태를 단정히 하려고 노력하는 현실 세계의 상점과 달리 지원이 지키는 가상의 상점에서는 관리자인 지원의 얼굴이 보이질 않으니 사람들은 대체로 자신을 향해 말하고, 자기 자신을 위해 발자국을 남겼다. 다소 퉁명스럽고 불친절한 방식이라 해도 지원은 괜찮았다. 그건 지원을 향해 내뱉는 말이 아니었으니까. 괜찮지 않다고 해서 뾰족한 수가 생기는 것도 아니었으니 괜찮은 상태를 지향하는 태도가 몸에 익기도 했다.

산책을 나온 개가 나무에 오줌을 쌌다는 이유로 나무가 버럭 고함을 친다고 상상해봐. 거친 댓글에 상처를 받아 눈물이 그렁그렁한 후배들을 달랠 때 지원이 종종 하는 말이었다. 그런 건 꿈같은 얘기지? 우리는 나무야. 사람들은 나무에 인격이 있다고 생각하지 않아. 그건 지원이 첫 직장에서 붉으락푸르락한 얼굴을 한 채 어떤 댓글을 노려보고 있을 때 선배가 해준 말이기도 했다. 나무 앞에서도 내뱉지 못할 말들을 옮겨놓은 댓글은 차라리 나았다. '삭제'와 '차단'이라는 가상 세계에서만 휘두를 수 있는 아이템이 있으니까. '의심스럽다'는 애매하다. 의심스럽다니, 그러시군요. 의심하세요. 무엇을 의심하는지 모르겠지만. 고개를 갸우뚱하면서도 지원은 그 정도 혼잣말은 할 수도 있지, 라고 생각하며 댓글을 지나쳤다.

그게 혼잣말이 아닌 항의의 표시였다는 걸 지원은 주용에게 들어서 알았다. 지원의 집에서 영화를 보던 날이었다. 긴장감 없는 섹스 후에는 보상처럼 쾌감을 느낄 수 있는 액션 영화를 골랐다. 언젠가부터 지원은 감흥이 없었다. 아니, 사실은 처음부터였을까. 심각하게 왜 그래, 하다 보면 좋아질 거야. 주용은 그렇게 말했었다. 그런 문제는 아닌 것 같았지만 입 밖으로 꺼내면 정말 심각한 문제가 되어버릴 것 같아 웃으며 넘겼었다. 영화는 은퇴한 암살자가 자신이 몸담았던 조직이 설계한 음모에 빠져 모든 것을 잃은 뒤 옛 동료들을 하나씩 찾아가 복수를 하는 내용이었다.

"너는 꼭 이런 영화를 보자고 하더라. 저렇게 센 여자들이 나와서 치고받고 하는 이야기만 본다고."

그런가? 지원은 고개를 갸웃했다. 오늘 고른 영화에서 암살자 역할을 맡은 주인공의 성별은 여성이었지만, 주인공이 남성이든 여성이든 지원은 액션, 스릴러 영화는 골고

루 즐겨보는 편이었다. 지난주에 두 사람이 같이 본 영화도 총을 든 남자들이 떼거리로 나와 첩보활동을 하는 스파이 영화였다. 게다가 액션 영화의 주인공이 신체적, 정신적으로 강인한 건 필수 요건 아닌가. 흘러넘치던 지원의 생각을 끊어버린 건 주용의 질문이었다.

"그런데 그거 정말 아니야?"

지원은 주용의 말을 알아듣지 못했다. 지원이 몸을 틀어 자세를 고쳐 잡고, 빤히 쳐다보자 설마 정말 아무것도 모르는 거냐는 표정으로 주용은 이런 말을 해주었다. 남성을 혐오하는 과격한 여자들이 활동하는 단체가 남성을 조롱할 때 사용하는 손 모양이 최근 지원의 회사에서 배포한 홍보용 포스터에 사용되었고, 20대 남성 사용자가 많은 커뮤니티에서는 불매 운동의 움직임이 생겨나고 있다는 것이었다. 주용의 설명을 듣는 동안 지원의 머릿속에서는 우리가 같은 한국말을 하고 있는 게 맞나, 어쩌면 이렇게 생경하게 들릴 수 있나, 하는 생각뿐이었다.

"그래서 네 말은, 선글라스를 집고 있는 이 손가락 이미지가 남성을 혐오한다는 표식이라 이거야? 요즘 남자들이 그렇게 생각한다고?"

지원은 믿을 수 없었다. 최신 유행과 신조어를 밥 먹듯 섭취하는 일을 하면서도 손가락 모양이 요즘 남자들 사이에서 그렇게 받아들여지고 있다는 건 금시초문이었다. 남성 혐오라니, 그건 안 될 일이었다. 지원이 지키는 가상의 공간이, 지원의 회사가 판매하는 물건의 핵심 고객, 그러니까 '타깃'으로 삼는 집단이 바로 남성, 그것도 20대 남성이니까. 지원의 일은 한마디로 타깃을 포섭하고 빠져나가지 못하도록 하는 것이었다. 타깃을 꾀어내어 우리 회사, 우리 브랜드에 충성하도록 만드는 게 지원의 의무였다. 주용의 말이 사실이라면 그간 지원이 쌓아 올린 실적이며 평판, 회사 내에서의 입지가 총체적으로 흔들릴 수 있는 참담한 사고였다. 지원은 그러나 여전히 주용의 말이 사실인지 미심쩍었다.

"일부 커뮤니티에서만 과격하게 주장하는 건 아니고? 너는 어떻게 생각하는데?"

지원은 주용의 의견이 궁금했다. 그건 추궁이 아니라 믿을 만한 조언이 필요해서였다.

"남자들이 다 그렇게 생각하진 않겠지. 그런데 조심해야 할 것 같다는 거야. 문제가 커지면 힘들어지니까."

그러면서 주용은 지원에게 게시글 하나를 보여주었다. 지원이 관리하는 회사의 소셜 네트워크 계정에 올라온 게시글 중에서 1년 전, 심지어 3년 전 글까지 포함해 문제의 손가락 모양과 비슷한 부분만 캡처해 만든 조잡한 빙고 판 같은 그림이었다. 특별할 것도 없는 손 모양인데 그 부분만 확대하고 잘라서 모아두니 유독 특정한 손가락 모양을 반복 사용하는 것처럼 보였다.

-이런데도 아니냐?

"뭐가?"

-투명하다, 투명해.

"뭐가 투명하다는 건데?"

-색출하자.

"누구를 찾겠다는 거지?"

습관처럼 댓글을 하나하나 읽으며 내용을 파악하는 지원에게 주용은 휴대폰을 빼앗으며 정신 건강에 좋지 않으니까 그만 보는 게 좋겠다고 했다. 그러면서 친절하게 설명을 덧붙였다. '메갈'을 찾는 거라고. 너희 회사에서 자꾸만 문제의 손 모양을 사용하니까 의심을 피할 수는 없을 거라고. 일부 남자들은 일단 '메갈', '페미'가 너희 회사에 있다는 소문만 돌아도 무슨 짓이든 할 수 있을 거라고. 그러니 첫째도, 둘째도, 문제를 만들지 않는 게 중요하다는 말을 늘어놓는 주용의 얼굴에서는 스포츠를 중계하는 해설위원 같은 흥분이 느껴졌다. 지원이 보기엔 어쩐지 아이처럼 신이 난 것도 같았다.

"너도 그런 의견에 동의해?"

"에이, 내가? 무슨. 내가 사상이나 정치 같은 거에 관심이 있는 사람인가. 나는 그냥 평화주의자."

주용은 웃으며 바닥에 누워 배를 보인 채 '항복'을 하는 강아지처럼 두 팔을 잠시 들어 올렸다가 내렸다. 내일 회사에 가자마자 바로잡으면 아무 문제 없을 거라고, 아직 기회가 있다고 말하는 주용의 두 눈에는 흔들림이 없었다. 그 고요한 얼굴을 바라보니 지원도 괜찮아지는 것 같았다. 내용을 놓친 영화 속에서 주인공은 피를 뒤집어쓴 얼굴로 건물 옥상에서 타깃을 조준하고 있었다. 여자가 총구를 겨눈 얼굴이 익숙해서 고개를 갸웃하자 주용이 여자의 애인이 범인이었다고 알려주었다. 망설임 없이 방아쇠는 당겨졌고, 지원은 두 눈을 질끈 감았다.

들불처럼 번진 항의의 댓글에 지원은 일일이 죄송하다는 말로 응답했다. 기계적인 답변처럼 보이지 않으면서도 대처가 느리다는 지적을 받지 않으려면 속도와 진심, 두 마리 토끼를 잡아야 했다. 죄송하다. 심려를 끼쳐 드렸다. 시정하겠다. 재발 방지를 위한 대책을 세우고 있다. 불쾌함을 느끼셨다니 송구하다. 피드백에 감사하다. 유감입니다. 떠오르는 사과의 말들을 시시각각 변주하며 쏟아냈다.

간밤에 쌓인 댓글 때문에 회사에서는 한바탕 소란이 일었다. 지원은 화장실 가는 시간조차 아까웠다. 디자인실까지 직접 찾아가 상황을 설명하고, 양해를 구했다. 문제가 된 게시글은 바로 삭제했고, 사과문을 올렸다. 수년 전 게시글까지 뒤져보며 손가락 이미지는 전부 교체해달라고 요청했다.

"이렇게까지 해야 해요?"

만삭인 디자이너에게 무리한 일정을 맞춰달라고 요구할 때만큼은 지원 역시 '그러게요.'라는 말이 튀어나올 뻔했다.

"제가 더 잘 확인했어야 하는데, 제 불찰이에요. 죄송합니다."

 디자인실에 에너지 드링크와 간식을 돌리며 한 번만 봐 달라고 얘기하는 지원에게 도리어 지원님 잘못도 아닌데 죄송하다는 말은 하지 말라는 위로까지 들었다. 순간 코끝이 찡해지며 눈물이 나올 것도 같았지만 지원은 서둘러 제 자리로 돌아왔다.

 다시 사과를 할 시간이었다. 화가 난 고객들의 마음을 누그러뜨리는 것, 이른바 '타깃'이라 부르는 이들과 벌어진 거리를 좁히는 게 지원의 일이었으니 해내야만 했다. 지원은 가끔 자신의 일이 투명 유리로 된 방을 지키는 파수꾼 같다고 느꼈다. 낡아빠진 문고리를 붙잡고 있는 지원의 얇고 힘없는 손이 바깥에서는 보이지만 지원은 바깥 사정을 모른다. 유리문 바깥의 사람들이 정말 지원이 사로잡아야 하는 고객, 즉 타깃이 맞는지, 애초에 타깃을 확인할 방법이 있는지조차 알 수 없지만 고객은 지원의 의도를 의심할 수 있어도 지원은 고객이 타깃인지 아닌지 의심할 권한이 없다. 지원은 투명한 방안에서 정중히 사과하는 연기를 하는 거라고 생각했다. 시간이 지나면 퇴장할 수 있으니까 괜찮다고. 퍼포먼스를 바라보는 얼굴

없는 타깃들을 향해 지원을 대리하는 손가락들이 키보드 위를 부지런히 오가며 말했다. 죄송합니다. 깊이 머리 숙여 사죄드립니다.

유리방에 갇힌 지원의 퍼포먼스는 일주일이 지나도 끝날 기미가 보이지 않았다. 지원에게 사과를 받아야겠다고 문을 두드리는 사람들은 늘어갔다. 처음엔 손가락이 문제라고 하더니 그다음에는 사과문에 사용한 배경 색이 문제라고 했다. 우리 타깃을 혐오한다는, '그 집단'의 상징물에 사용된 색상과 유사하다는 게 이유였다.

동일한 색이 아니라고 해명하면 되지 않을까요? 지원의 의견에 부서장도 수긍했다. 그 정도면 깔끔하겠네. 그러나 지원의 생각도, 깔끔하게 해결되리라는 회사 측의 바람도 틀렸다. 결국 대표 이름으로 된 사과문을 발표했다. 하루 사이에 다섯 배쯤 불어난 오물 같은 댓글들 때문에 소셜 네트워크 계정은 잠시 운영을 중단하기로 했다. 그건 지원의 역할이 축소되고, 권한이 약화된다는 말이기도 했다. 지원은 당분간 다른 동료의 일을 도우라는 애매한 말만 들었다.

"문제가 사라지면, 그때 다시 예전에 하던 대로 하면

되는 거야."

자꾸만 문제가 아닌 걸 심각한 문제라고 우기는 사람들이 있잖아요.

문득 떠오른 생각에 지원은 스스로도 놀랐다. 얼굴이나 이름은커녕 형태조차 특정할 수 없는 한 무리의 사람들에게 깊은 반감이 생겨버렸다. 조금은 지쳤고, 사실은 지긋지긋해서 도망치고 싶기도 했다. 수용을 기대할 수 없는 상황에서 해명과 사과를 반복하느라 제 시간을 낭비하고 싶지 않았다. 그만두고 싶던 차에 차라리 잘 되었다 싶기도 했다. 허드렛일을 하더라도 어떻게든 버텨보겠다고, 버티다 보면 다 지나갈 거라는 암시를 걸어보기도 했다. 디자인 담당자의 대기 발령 소식을 듣기 전까지는.

지원은 한동안 면목이 없어서 디자인팀 근처로는 발걸음조차 할 수 없었다. 함께 표적이 되었는데, 혼자서 몰래 빠져나온 배신자가 된 기분이었다. 죄송하다는 말은 하지 말라고 달래주던, 그러면서도 피로를 숨기지 못했던 메마른 목소리가 생각나는 밤이면 쉽게 잠에 들지 못했다.

그날 밤도 잠이 오지 않아 주용에게 연락을 했다. 가만히 있어, 내가 갈게. 주용은 당장 오겠다고 했다. 지원은 주용의 얼굴을 떠올렸다. 잔잔한 호수 같은 눈을. 그 고요한 얼굴을 바라보면 깊은 잠을 잘 수도 있을 것 같았다. 주용은 도착할 때까지 문단속 잘 하고 안에서 기다리라고 했다. 이중 잠금장치를 채운 현관문, 이상 없음. 틈 없이 꽉 닫힌 창문, 창문을 덮은 블라인드도 꼼꼼하게 확인했다.

지원은 대낮에도 늘 블라인드를 내려 창문의 반 이상은 가려두었다. 어느 날 맞은편 건물 아래층에 사는 남자가 팬티 바람으로 컴퓨터 앞에 앉아 게임을 하는 모습을 본 뒤로 생긴 습관이었다. 고시촌과 대학가 사이에 위치한 낡은 빌라에서 조망을 기대한 건 아니었지만 옆 건물에 사는 남자의 팬티색까지 보고 싶지는 않았다. 제발 얇은 커튼 하나라도 창문에 다는 게 어떻겠느냐고 부탁하고 싶었지만, 지원은 남자의 집으로 달려가는 대신 제 창문을 단속했다. 블라인드를 내려 창문을 다 가린 후에만 밝은 조명을 켰다. 맞은편 빌라의 꼭대기 층에서는 지원의 방이 형광 초록색 팬티를 입고 돌아다니는 저 남자의 방처럼 훤히 들여다보일 것이다. 그런 생각을 한 날부터 지원의 방은 어두워졌다.

그러니까 주용이 블라인드를 올리고 창문까지 활짝 열었을 때 지원이 굳어버린 건 어쩔 수 없는 일이었다. 방금 전 섹스를 한 두 사람은 아무것도 입지 않은 상태였다. 대체 왜, 갑자기, 창문을. 다급하게 이불을 끌어 올린 지원의 말은 부드럽게 이어지지 않았다. 당황해서 말을 얼버무리는 지원에게 주용은 냄새 때문에 환기를 좀 해야겠다고 말했다. 그렇게 말하는 주용의 표정이 조금 심각해 보이기까지 해서 지원은 저도 모르게 화를 내는 법도 잊고 코부터 벌렁거렸다.

며칠 전부터 화장실에서 불쾌한 냄새가 나는 것 같아 락스 청소도 해보고, 디퓨저도 바꾸었다. 말끔하게 닦아 내고, 향을 더해도 악취가 사라지지 않는다니. 지원은 제 낡은 빌라가, 화장실 하수구에서 올라온 냄새가 침대 위까지 스멀스멀 덮쳐오는 이 좁은 공간이 초라하게 느껴졌다. 손에 꽉 쥔 이불에 새겨진 촌스러운 꽃무늬마저 부끄러웠다. 차마 이불에서 손을 떼지 못하고 주용에게 작은 목소리로 부탁했다.

"그럼 블라인드만 내려줘. 밖에서 다 보인단 말이야."
"누가 본다고 그래, 바깥바람 시원하고 좋다."

"당장 블라인드부터 내리라고."

지원의 말투가 딱딱하게 바뀐 뒤에야 주용은 움직였다. 지원의 눈에는 그 움직임이 답답할 정도로 느긋하게만 보여서, 창문 너머로 누군가 지켜보고 있을지도 모른다는 불안이 커졌다. 두 사람은 여전히 아무것도 걸치지 않은 상태였다. 블라인드를 내리자마자 주용은 지원이 붙잡고 있던 이불을 갑자기 걷어냈다. 지원은 나름대로 힘을 주어 잡고 있던 이불이 바람에 날아간 종잇장처럼 순식간에 사라지자 얼떨떨했다. 주용은 말없이 지원을 지긋이 바라보기만 했다. 하고 싶다는 말이었다. 지원은 주용의 이런 행동이 동의를 구하는 나름의 방식이란 걸 알았다.

사실 지원은 섹스보다 그 일이 다 끝난 후에 침대에 누워 말없이 서로의 얼굴을 바라보거나, 대화를 나누는 순간을 더 좋아했다. 적어도 오늘 같은 날에는 지원이 겪었던 일에 대해서, 지원의 회사 일을 둘러싼 이해할 수 없는 상황을 나누고 싶었다. 한 번쯤은 먼저 물어오지 않을까 하는 기대도 있었다. 너 괜찮냐고. 회사에서 문제는 없냐고. 지원은 주용의 얼굴을 찬찬히 바라보았다. 변함없이 고요한 얼굴이었다. 지원은 저도 모르게 고개를 끄덕였다.

그 순간 지원은 허락한 셈이 되었고, 별안간 몸이 뒤집혔다. 양팔을 이불에 짚은 지원의 시선이 꽃무늬에 닿았다가, 바람이 불어 펄럭이는 깃발처럼 흔들리기 시작한 블라인드에 닿았다. 저러다 블라인드가 떨어져 버리면 어쩌지. 그럴 리 없다는 걸 알면서도 지원은 조명을 켠 채로 열어둔 창문이, 창문 너머에 존재할 수도 있는 누군가가 신경이 쓰여 블라인드에서 눈을 뗄 수가 없었다. 그때 지원의 눈앞에 번쩍이는 붉은 점 하나가 보였다. 번쩍. 뭐지? 레이저 포인트 같은 붉은 빛이 창틀을 넘어 지원의 방안으로 들어올 듯 말듯 이리저리 움직였다. 번쩍. 번쩍. 불빛이 깜박이는 속도가 점점 빨라졌다. 지원의 눈동자도 불빛을 쫓느라 바쁘게 움직였다. 붉은 빛은 사라지는 것 같다가 다시 나타나기를 반복하며 마침내 창틀을 넘어, 지원의 방안으로 들어왔다.

그 순간 뒤에서 지원의 고개를 숙이도록 만드는 손길이 느껴졌다. 지원의 머리가 맥없이 이불 위로 떨어졌고, 얼굴을 이불에 묻은 채 지원은 방금 전까지 눈앞에서 춤을 추던 불빛을 확인하고자 고개를 들어보려 애썼다. 마침내 주용의 일이 끝난 듯 거친 숨소리가 들렸고, 지원이 얼른 고개를 들어 올렸지만 붉은 점은 보이지 않았다. 지원은 창틀 쪽으로 기어가 블라인드에 가려지지 않은 가느다란 틈새를 노려보았다. 붉은 점이 사라진 자리엔 까만 어둠뿐이었다.

한동안 지원은 붉은 빛에 대해서는 까맣게 잊어버리고 있었다. 주용과 말다툼을 하는 바람에 기묘한 빛에 대한 생각은 저 뒤편으로 밀려났기 때문이다. 샤워를 마치자마자 나갈 준비를 하는 주용에게 지원은 짜증을 내버렸고, 주용은 또 뭐가 문제냐는 말로 응수하며 두 사람은 언성을 높였다. 주용이 부산 출장에서 돌아오는 날 다시 찾아올 테니, 그때까지 화장실에서 나는 역한 냄새를 어떻게 좀 해보라는 말을 했을 때부터는 화장실에서 나는 냄새에 온 신경이 쏠려서 정체불명의 붉은 빛에 대해서는 고민할 틈도 없었다. 피곤한데 스트레스까지 받았으니 잠시 헛것이 보였던 거라고 생각하고 말았다.

지원의 기억 속에서 꺼져가던 붉은 빛이 다시 모습을

나타낸 건 주용이 돌아오기로 한 날이었다. 주용은 내가 갈 때까지 안에서 기다리라고 했지만 지원은 주용을 마중 나가고 싶었다. 온종일 집 안에서만 있었던 터라 답답하기도 했다. 락스 청소를 끝내고, 곳곳에 탈취제까지 뿌린 화장실에서는 이제 악취가 나지 않았다. 10분 뒤면 도착한다는 말을 듣자마자 지원은 문을 열었다. 건물 밖에서 기다리다가 주용을 반겨줄 생각이었다.

문이 닫히자마자 지원은 어둠에 집어 삼켜질 것 같은 기분을 느꼈다. 복도에 설치된 조명이 나갔는지 공중으로 손을 뻗어 움직여봤지만 아무런 반응이 없었다. 지원의 방에서 엘리베이터가 있는 곳까지는 보통 큰 보폭으로 여섯 걸음이면 충분했다. 고작 그 여섯 걸음이 어둠 속에서는 육상 경기장의 트랙처럼 길게 느껴졌다. 음산한 예감이 밀려왔다. 다시 문을 열고 집 안으로 들어갈까 망설이던 차에 지원의 오른편에서 붉은 점이 번쩍거렸다. 요란하게 춤을 추던 빛은 정확히 지원의 얼굴을 겨냥한 듯 멈추었고, 지원은 빛이 쏘아진 방향 쪽으로 고개를 틀었다. 찰칵. 선명한 촬영음이 텅 빈 복도에 울렸.

복도의 저 끝에서 한 손에는 휴대폰을, 또 다른 손에는 페트병 같은 걸 든 한 남자가 흰 이가 다 보이도록 웃으면서 지원을 향해 빠른 속도로 뛰어왔다. 뛰어오는 남자의 발소리가 마치 느리게 감기를 한 듯 끔찍할 정도로 둔탁하게 들려왔다. 어느새 지원 앞에 다가온 남자는 페트병의 뚜껑을 열더니 지원의 머리 쪽으로 그 안에 담긴 액체를 뿌려댔다. 겨우 한 팔을 들어 눈만 가린 지원은 그대로 정체불명의 액체로 뒤덮여 정수리가 축축해진 채 서 있을 수밖에 없었다. 그 순간에도 지원은 황산이나 염산이면 이렇게 아프지 않을 리 없을 텐데, 하는 기괴한 안도감을 느꼈고, 아픔의 정도를 헤아릴 만한 정신이 들자마자 눈에서 눈물부터 터져 나왔다. 잠수를 할 때처럼 먹먹해진 귀와 막혀있던 후각까지, 온몸의 감각이 제자리를 찾아가는 동안 지원은 비로소 제가 뒤집어쓴 것의 정체를 알아차릴 수 있었다.

"도와주세요!"

지원은 간신히 소리를 짜내었다. 두 다리에 힘이 풀려 주저앉아 버릴 것 같았지만 버티고 서서 소리쳤다. 그런 지원을 남자가 웃으면서 촬영하고 있다는 걸 알았을 때 그를 죽여버리고 싶다고 생각했다. 갈기갈기 찢어버리고 싶었다. 찢어서 던져버리고 싶었다. 으악. 아아악. 으아악. 지원은 계속 비명을 질렀다. 소리는 지원이 가진 유일한 무기였다. 그게 사람을 해할 수 있는 무기라도 되는 것처럼, 지원은 남자를 향해 소리를 내질렀다.

마침내 지원의 옆집에서 기척이 들렸다. 얼굴의 반도 보이지 않을 정도로 문을 살짝 열어 고개를 내민 옆집 남자와 지원의 눈이 마주쳤다. 남자는 지원을 보고, 다시 반대쪽을 바라보더니 말했다.

"괜찮으세요? 지금 신고할게요."

방금 전까지 깔깔대며 지원을 촬영하던 남자는 그 목소리를 듣자마자 도망쳤다. 남자가 복도에서 사라진 다음에야 지원은 겨우 미끄러지듯 문 앞에 주저앉을 수 있었다.

남자를 찾는 일은 지원의 생각보다 오래 걸리지 않았다. 남자가 자수를 했기 때문이다. 그걸 자수라고 할 수 있나. 저건 자랑이 아닌가. 지원은 남자가 개인 방송에서 떠드는 말들을 들으며 그런 생각을 했다. 개인 방송을 하던 남자가 시청자들의 의뢰를 받아 지원의 집까지 찾아온 거라는 사실도 주용을 통해 알게 되었다. 그들이 지원을 찾은 이유는 바로 그놈의 손가락, 감히 손가락 이미지를 겁도 없이 사용했기 때문이라고 했다.

"왜 네가 나보다 더 잘 아는 거야?"

지원은 주용에게 물었다. 지원이 겪은 사건이었고, 지원의 일이었다. 그런데도 지원은 배제된 채로 일이 일단락되었다는 느낌을 지울 수 없었다. 남자는 방송을 기다리고 있는 후원자분들께 죄송하다고 했다. 지원은 끝까지 죄송하다는 말을 들을 수 없었다. 주용은 남자를 추종하는 자들에게 보복을 당할 수 있으니 당분간 부모님 댁에 가 있는 게 어떻겠느냐고 했다. 그 말이 지원에게는 보복당할 만한 짓을 했으니 도망가라는 말처럼 들렸다. 부모님 댁에서 회사까지는 통근할 수 있는 거리가 아니었다. 그렇다고 해서 일을 그만둘 수도 없었다. 그런 걸 다 알면서도 이 집이 아닌 다른 곳으로 몸을 피하는 게 해결책이라고 믿는 주용에게 지원은 짜증을 넘어선 화가 나려 했다. 주용의 의도, 주용의 생각, 주용의 걱정과 염려 같은 것들을 세심하게 짚어 이해하는 데에 쏟을만한 마음의 체력이 조금도 남아 있지 않았다.

"대체 내가 뭘 잘못했다고 보복을 한다는 건데?"

"왜 말을 그렇게 해? 네가 잘못했다는 말이 아니잖아. 그렇게 생각하는 사람들이 있어서 위험하다는 거지. 진짜 미친 새끼 아니야, 대체 왜 그걸 너한테. 그런 걸 왜 너한테…"

그렇게 말하면서 씩씩대는 주용은 확실히 화가 난 것처럼 보였다. 고요하기만 하던 얼굴에서 좀처럼 보기 힘들던 격한 감정이 보이자 지원은 조금은 고마운 마음까지 느꼈다. 지원이 하고 싶은 말, 지원이 내고 싶었던 소리를 대신 내는 주용과 있으니 이제 안전하다는 기분마저 느껴졌다. 그래서였다. 지원을 끌어안는 손길을 거부하지 않았던 건 안전함이 필요해서였다.

침대에 누운 지원의 위로 묵직한 무게가 느껴졌다. 지원은 갑자기 가슴이 조여 오듯 답답해졌다. 그때 지원의 눈에 익숙한 불빛이 깜박이는 게 보였다. 깜박이는 붉은 점이 다시 나타났다. 그날 밤, 그 사건, 그 순간 웃고 있던 남자의 얼굴과 웃음소리가 붉은 점과 함께 따라다녔다. 굳은 얼굴의 지원이 두 눈을 질끈 감았다 뜨자 흰 천장에 어른거리던 붉은 빛은 끈적끈적한 체리 잼 색깔로 흘러내려 주용의 손이 닿은 지원의 가슴을 적시고 있었다. 정체불명의 점액질이 묻은 손은 주용의 목덜미와 쇄골을 타고 흘러내려 가슴팍까지 내려왔다. 똑. 똑. 똑. 핏방울 같은 액체가 주용의 몸에서 지원의 몸으로 떨어졌다.

"차가워!"

차갑고 미끈한 것. 미끈해서 역한 것. 불쾌감과 공포를 느낀 지원이 외쳤다. 몸을 얼어붙게 만드는 차가운 물방울이 지원을 때렸다. 지원의 얼굴은 사정없이 구겨졌다. 주용은 아랑곳하지 않고 주용의 일에 열중했다. 똑. 똑. 똑. 똑. 똑. 똑. 똑… 주용의 일이 계속되는 동안 점액질은 더욱 빠른 속도로 지원의 몸으로 떨어졌다. 마치 쏟아지는 물줄기를 받아내듯 누워있는 지원의 정수리에도 차가운 액체가 떨어졌다. 낯선 남자가 뿌려댄 정액으로 머리카락이 다 젖어 버렸던 그 날처럼. '그 날'을 생각하자마자 지원은 명치 부근이 막히는 것 같았다.

그 순간 적색의 끈끈한 물질이 순식간에 다 사라지더니 다시 반짝이는 점이 되어 주용의 이마 한가운데에 멈추었다. 기름기가 돌아 번들거리는 동그란 이마 한가운데에 자리를 잡은 점이 일정한 간격을 두고 깜박거리더니 다시 제 자리를 잡았다. 지원에게는 그 모든 과정이 마치 창밖의 저격수, 지원의 방을 주시하고 있는 사냥꾼이 신중히 타깃을 고르는 장면처럼 보는 것처럼 느껴졌다. 바로 그때 앓는 소리를 낸 주용이 지원의 몸에서 급하게 빠져나왔다. 지원의 몸 안에서 빠져나온 것은 곧장 얼굴로 향했고 지원의 얼굴이 그대로 끈적이면서 축축한 액체로 뒤덮였다. 아까부터 꽉 막힌 것처럼 답답하던 가슴에 통증이 느껴졌다. 지원의 위에서 까만 눈동자가 카메라 후면 렌즈처럼 지원의 몸을 훑고 있었다. 고르지 않은 거친 숨소리는 그 날, 그 밤에 빌라의 텅 빈 복도를 울리던 깔깔대는 웃음소리와 같은 리듬으로 지원의 속눈썹에 내려앉았다.

"아!"

가슴팍이 대바늘로 뚫린 것처럼 심한 통증을 느낀 지원이 주먹을 꽉 쥔 채로 눈을 질끈 감았다. 다시 눈을 뜨자 주용의 얼굴이 보였다. 주용은 잠에 빠진 듯 쌔근대는 숨소리를 내고 있었다. 여느 때처럼 평화로운 얼굴, 고요하기만 한 두 눈을 마주하는 순간 지원은 목이 졸리는 것 같았다. 비릿한 악취가 났다. 구역질이 날 것만 같았다. 지원은 몸을 일으켜 화장실로 달려가고 싶었다. 하지만 포

획된 짐승처럼 풀썩 쓰러져있는 주용의 무게 때문에 몸을 일으킬 수 없었다. 마침내 주용의 커다란 몸이 사라진 뒤에야 지원은 비로소 움직일 수 있었다. 지원은 여전히 주용의 머리에 겨누어진 붉은 점에서 눈을 떼지 못했다. 지원의 두 눈에 와인 색 이채가 반짝였다.

 지원이 당한 일이 기회가 되어 이탈한 타깃들이 돌아왔다는 상찬을 받았을 때 지원은 조용히 미소를 지어 보였다. 안타까워 죽겠다는 눈빛으로 제 얼굴을 훑는 시선을 받아내는 것도 고역이었지만 동정 여론을 만들어 별안간 타깃들의 마음을 돌려세운 영웅이 된 것도 이상했다. 지원은 그저 소리 없이 웃었다. 지원은 사고를 당했다. 사고를 일으킨 가해자에게 사과를 듣고 싶었다. 그가 잘못에 따른 대가를 치르기만을 바랐다. 바라는 건 하나도 이루어지지 않았는데, 이번엔 '감사하다'고 말해야만 했다. 우리의 불찰을 너그러이 양해해주셔서 감사하다고, 더 노력하겠다고, 특별한 행사를 마련했으니 기대해 달라고. 그 모든 글귀를 작성하는 동안에도 지원은 미소를 지었다.

주용이 지원의 회사 앞으로 왔다. 주용은 계속 지원의 집 화장실에서 악취가 난다고 했다. 건물이 워낙 오래되었기 때문에 정화조에서부터 올라오는 냄새 같았지만 주용은 방법이 있을 거라고 말했다. 세면대의 낡은 배관을 교체하면 될 거라고, 문제의 원인을 제거해야 한다고 말하는 주용이 날짜를 먼저 잡았다. 그 날이 바로 오늘이었다.

주용이 운전하는 차에 앉아 집으로 가는 길에도 지원의 입가에는 고요한 미소가 걸려있었다. 차가 덜컹대자 뒷좌석에 실린 부품과 쇠붙이들이 부딪히며 요란한 소리를 냈다. 지원이 고개를 돌려 뒤를 보았다. 검붉은 색의 공구함이 입을 허술하게 벌리고 있었다.

"잠깐 저기 앞에 차 대고서 상자 좀 정리하고 갈래?"

"뭐가? 아, 저거 또 열렸네."

길가에 차를 대자마자 지원은 용수철처럼 튀어나가 뒷좌석으로 향했다. 엉망으로 엉켜 바닥을 구르고 있는 뾰족하고 둔탁한 도구들 가운데 가장 위협적으로 보이는 것부터 집어 들었다. 그게 쇠망치라는 것도 잡고 나서야 알았다. 그 순간 지원의 아랫배 쪽으로 팔 하나가 슥 들어와 순식간에 허리를 감았다.

순간 깜짝 놀란 지원이 팔을 올려 주용을 밀쳐내려 했다.

"뭐해 지금, 이런 걸 왜 네가 만져. 내가 정리할게."

정신을 차려보니 지원의 손에 있었던 망치는 이미 주용의 손으로 넘어간 뒤였다. 한쪽 팔은 여전히 지원의 허리를 감싼 상태였다. 주용은 지원의 허리에서 손을 떼고 몸을 숙여 바닥에 널린 것들을 하나하나 집어 상자 안으로 넣었다. 붉은 상자가 닫히는 소리가 났다. 찬바람이 불었다. 지원은 한기를 느꼈다. 누군가 온몸을 혓바닥으로 핥아 축축해진 것처럼, 끈적거리는 점액질 같은 한기가 지원의 얼굴에 달라붙었다.

화장실에 들어선 주용은 공구함을 열고 생각에 잠겼다. 그 얼굴이 지원은 신중히 무기를 고르는 사냥꾼 같다고 생각했다. 동시에 인적 드문 교외에 위치한 깊은 호수 같기도 했다. 표면에 그 어떤 미동조차 없는, 속내를 알 수 없는 고요한 얼굴. 지원은 주용의 익숙한 얼굴을 가만히 바라보았다. 한결같은 그 얼굴이 뚫을 수 없는 견고한 벽처럼 느껴졌다. 지원의 몸이 다시 끈적거렸다. 지원은 다급하게 온수를 틀어 두 손을 벅벅 긁으며 씻었다. 손을 비벼 닦아내도 불쾌하고 미끄러운 느낌이 사라지지 않았다. 몸은 추웠고, 피부는 끈적였다. 주용이 말했다.

"내가 알아서 할 테니까 밖에 나가 있어."

세면대를 붙잡고 일어나려는 주용에게 지원이 손을 내밀었다. 지원이 주용의 손을 잡자마자 썩은 복숭아 같은 물컹거림을 느꼈다. 깜짝 놀란 지원이 주용의 두툼한 손을 바라보았다. 맞잡은 커다란 손이 물컹이는 액체로 가득 찬 다른 존재 같았다. 이대로 힘을 주어 터트리면 등이 터진 벌레처럼 사방에 진물을 내뿜을지도 모른다고 생각했다. 그 정도로 주용의 손은 물렁하면서 끈적거렸다.

"나가 있어. 방해된다니까."

지원은 천천히 심호흡을 하고, 다시 냄새를 맡았다. 역시 악취는 나지 않았다. 주용은 세면대의 낡은 배관이 악취의 원인이라고 굳게 믿는 듯 다시 쭈그려 앉아 낡은 배관을 해체하는 작업에 열중했다. 나사를 조일 때마다 삐걱대는 소리가 났다. 쇠들끼리 부딪히며 내는 찌걱대는 소리가 점점 커졌다. 낡은 파이프를 만지고 있는 두 손에서는 썩어서 터져버린 복숭아처럼 물컹한 액체가 흘러나오고 있었다. 사방에 액체가 튀면서 비좁은 화장실에 역한 냄새가 퍼졌다. 지원의 신경을 긁어댔던 그 악취였다. 악취가 뿜어져 나오는데도 아랑곳 않고 주용은 주용의 일을 계속했다.

지원은 화장실 벽 쪽으로 물러나면서 말했다.

"그만해."

지원의 손에는 바닥에 있던 쇠망치가 들려있었다. 지원의 말을 들은 주용이 허리를 펴고 서서히 일어났다. 거울 안에 비친 얼굴은 검은 안개처럼 뭉개져 있었다. 조명이 없는 복도에서 조우한 낯선 사람의 실루엣처럼.

세면대를 짚은 그의 손에서는 여전히 고약한 냄새를 뿜어내는 점액질이 흘러나오고 있었다. 줄줄 흘러넘친 액체는 화장실 타일 구석구석으로 퍼져나갔다. 지원의 발끝까지 그 비릿한 액체가 다가오자 지원은 구역질이 나서 참을 수가 없었다. 거울 속 얼굴은 뭉개지기 시작했다. 뭉개진 얼굴 위에 붉은 점이 나타났다. 붉은 점은 지원을 기다리고 있었다.

가늘게 속삭이는 목소리가 지원의 앞이마를 타고 들어오자마자 지원의 두 눈이 붉은 빛으로 반짝였다. 거울 속 얼굴은 완전히 짓뭉개진 채 투명하면서 비릿한 냄새가 나는 액체를 토하듯 뿜어내고 있었다. 괴물의 뭉개진 얼굴에서도 표정은 읽을 수 있었다. 모든 일이 끝나기 전, 사정 직전에만 보이는 그 익숙한 표정. 희열에 찬 표정을 읽자마자 지원은 매섭게 팔을 휘둘렀다.

거울에 비친 '그것'은 지원의 얼굴을 확인하고 반격을 하려는 듯 몸을 틀었다. 이번엔 미끄럽고 비린 액체를 토해내며 몸을 돌리는 괴물의 몸통 중앙을 조준하는 빛이 나타났다. 지원은 팔을 들어 다시 힘껏 내리쳤다. 괴물은 그대로 미끄러져 욕조 안으로 쓰러졌다. 그것이 몸을 비틀며 꿀렁꿀렁 흰 액체를 뱉어낼 때마다 누구의 것인지 알 수 없는 웃음소리가 울려 퍼졌다. 비린내를 뿜어내는 흰 액체가 수챗구멍으로 빨려들어 갔다. 한 번, 두 번, 세 번… 숫자를 세며 팔을 휘두를 때마다 욕조에서 몸을 꿈틀대는 그것의 크기도 조금씩 작아졌다. 그것의 크기가 작아질수록 웃음소리도 커져 갔다. 다시 한번, 두 번, 세 번… 땀과 끈끈한 액체로 번들거리는 얼굴을 닦아내며 계속 팔을 휘둘렀다.

겨우 손가락 하나만큼 작아진 벌레 한 마리가 남았을 때, 지원은 동작을 멈추었다. 벌레는 아직 기운이 남아 있는 듯 꿈틀댔다. 지원은 바닥에 망치를 내팽개치고 손바닥을 들어 그대로 내려쳤다. 통통한 벌레의 등이 터지는 소리가 났다. 등이 터진 채로 볼품없이 죽어버린 벌레를 손가락 두 개로 집어 화장실 변기에 버리고, 물을 내렸다. 쏴아아 쏟아지는 물소리가 크레셴도로 울려 퍼졌다. 지원의 귓가엔 그 소리가 파도타기를 하듯 퍼지는 박수갈채처럼 들렸다. 문고리를 잡은 지원의 입가에는 미소가 걸려 있었다.

초대장

가리어진 섬

주어진 운명에 굴복하지 않고 미지의 세계에 뛰어드는 소년들의 모험담을 양분처럼 먹고 자라났다. 소년의 자리에 성별이 다른 '나'를 대입하며 껄끄러운 감정을 느꼈지만, 이러한 감정의 이유를 설명할 수 있는 언어를 갖추기 시작한 것은 한참 뒤의 일이다. <가리어진 섬>에는 소년 주인공도, 소년이 횡단하는 대륙도, 소년이 곤경에 빠질 때마다 꺼내드는 문명의 이기나 과학의 발견에 따른 도구도 없다. 그러나 이러한 공식을 모조리 뒤집음으로써 '소년'의 자리를 단순히 '소녀'로만 치환했을 때에는 느낄 수 없었던 종류의 희열을 느끼게끔 한다. 오랫동안 고향을 떠나있던 소년이 시련을 극복하고 돌아와 아버지가 쓰던 왕관을 물려받으면서 운명의 굴레를 받아들이고 해피 엔딩으로 끝이 나는 이야기, 이야기 속 소년들의 모험심을 사랑해왔음에도 소외감을 느꼈던 사람이라면 이 소설이 드러내는 '가리어진 세계'에 흠뻑 빠져들 수 있을 것이다. 아버지와 어머니, 육지와 섬, 이성과 미신. 동전의 앞뒷면 같은 상징이 충돌하는 가운데, 사건의 전모를 밝히는 선언문 같은 마지막 문장을 읽고 나면 알게 된다. 나는 어떤 세계에 속한 사람인지. 그리고 반드시 처음으로 돌아가 다시 읽게 될 것이다. 가리어진 것들을 찾아내기 위해.

from.
황유미

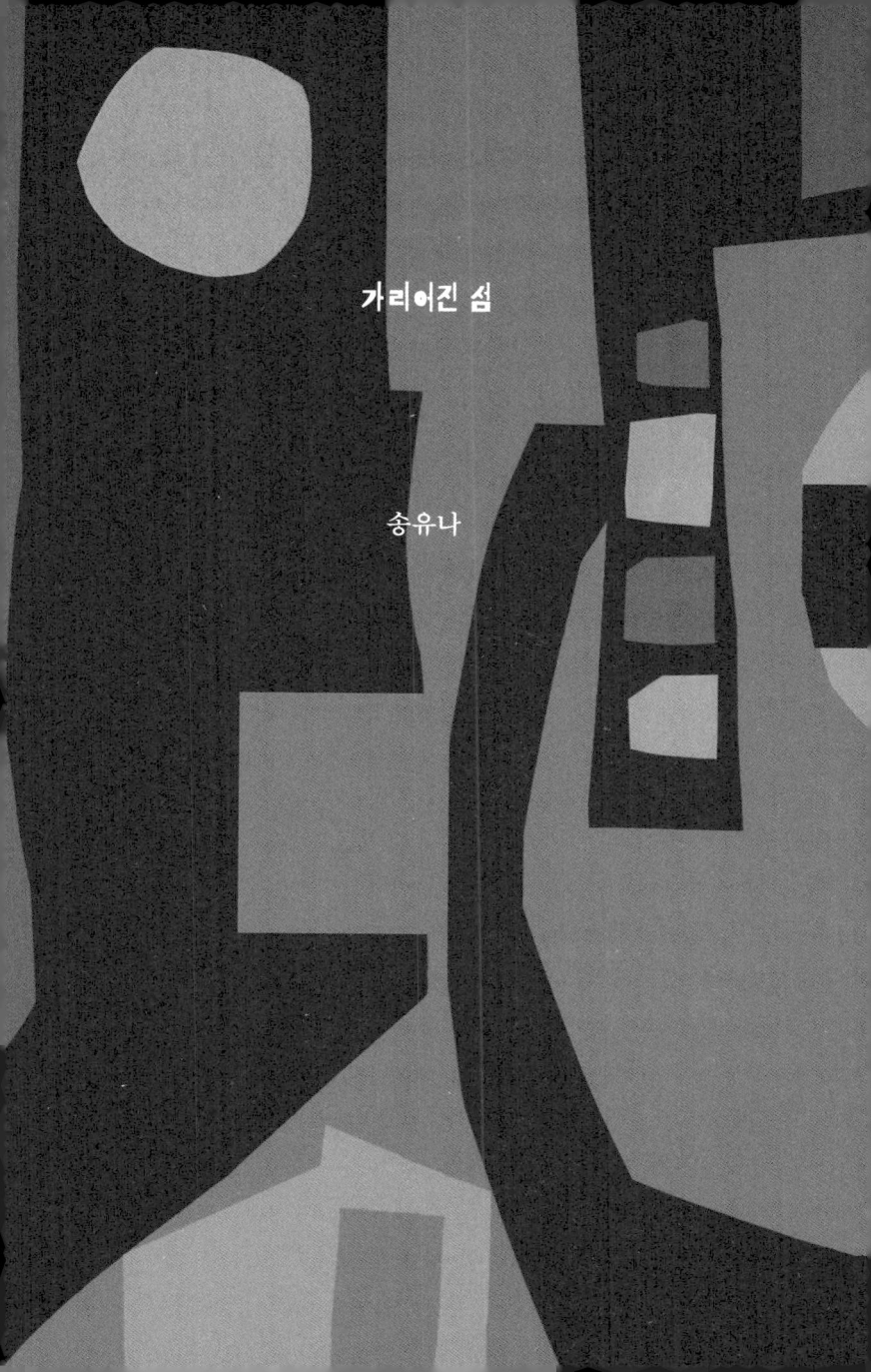

가리어진 섬

송유나

저 멀리서 끓어오르는 희미한 인기척을 느꼈어요.

잠귀가 밝은 누군가가 '불이야!' 하고 소리를 쳤어요. 다급한 외침들이 각기 다른 곳에서 몸집을 불렸고, 항구 가까이 사는 주민들은 잠옷 바람으로 뛰쳐나오고 있었어요. 전부 처음 보는 얼굴들이었어요. 섬에서 아는 사람 중에 살아있는 사람이라곤 어머니뿐이거든요. 사람들은 거꾸로 신은 색색의 고무 슬리퍼를 똑바로 고쳐 신으면서도 시뻘겋게 물든 수평선 너머에서 눈을 떼지 못하더군요. 캄캄한 새벽에 부두에서 보초라도 서는 양 우두커니 서 있는 나를 의식하는 이는 아무도 없었어요. 우리 집 일에 시시콜콜 입을 대던 섬사람들이 그 순간만큼은 나를 투명인간 취급했어요.

그 정도로 장관이었어요. 마치 바닷물을 연료로 삼아 타오르는 듯한 거대 화염이란…… 묵직하게 깔린 새벽 해무의 두터운 장벽을 뚫고 칠흑 같은 어둠을 비웃는 듯이 솟아오르는 호기란…… 피 끓는 용암 같기도 하고. 생명력을 가진 것처럼 보였어요. 제 허리춤에 둘러싼 바다를 전부 집어삼킬 듯이 위압적이었어요. 실상은 바닷물이 사방에서 진을 치고 있고, 더 번질 곳이 없어 하늘로 이는 게 전부라는 걸, 저 말고 또 누가 알고 있었을까요?

불길이 한 꺼풀 꺾이자 바다에 반쯤 몸을 담그고 시커멓게 탄 소형 어선이 보였어요. 꼴깍꼴깍 숨이 넘어가고 있었어요. 새까만 비늘 같은 먼지를 사방에 흩날리면서. 그 어선은 어디서 난 건지 지금도 알 수가 없어요. 이미 다 타버려서 재가 될 것은 재가 되고, 재가 못 될 것은 조각조각 가라앉아 버렸으니. 그런데 누구 하나 그 어선이 내 어선이라고 억울해하는 사람이 없었어요. 더 이상 안 쓰거나 노후되어서 못 쓰는 어선을 최근에 누구한테 팔

앉다는 사람도 없고요. 어머니가 손을 쓰신 거예요.

그래요. 그 안에 아버지가 있었다고 생각해요. 아니, 있었어요. 그러니까 죽은 지 보름쯤 된 시신이 있었을 거예요. 아버지뿐만 아니라 아버지를 실은 배까지 모조리 타버렸어요. 바다 위에서, 물과 진공 사이 불가분의 경계선에 매달려 묘기를 부리듯이. 아버지를 태운 배가 바람 따라 저항 없이 넘실거리면서 죽어갔어요. 생업에 지친 섬사람들에겐 참 잊을 수 없는 구경거리였을 테죠.

따지고 보면, 저라고 아니었겠어요?

맞아요. 좀 진정해야겠어요. 이 얘기는 차차 하고, 아예 처음부터 시작할까요. 스승님은 제 어린 시절이 궁금하다고 하셨죠. 저는 완동이란 시골 동네에서 살았어요. 섬으로 떠나오기 전까지 바다 구경 한번 못하고 컸어요. 내륙이라는 말론 부족한 굽이굽이 깊은 산골이었어요. 집에서 30분씩 버스를 타고 등하교하며 초등학교를 다녔고, 중학교에 진급하니 셔틀을 타러 가는 데까지만 걸어서 30분이 넘게 걸렸어요.

육지 사람인 할머니는, 섬에는 유혹이 많으니 항시 몸

을 사려야 한다고 강조했어요. 절 떠나보낼 때도 유혹에 말려들지 말라고 하셨죠. 여차하면 껌뻑 넘어가는 수가 있으니, 그때마다 손목, 발목, 대가리 밑에 모가지까지 가리지 말고 염주를 세 겹 네 겹, 닥치는 대로 차라고. 할머니가 말려들지 말라는 유혹에 우리의 가족사도 들어가 있는지 묻고 싶었지만, 당연히 물을 수 없었어요.

할머니는 어머니가 귀신같은 무당 년이고, 아버지는 살을 맞아 실종된 거라고 생각했어요. 매일 새벽마다 절에 가서 아들을 돌려달라고 울고, 참배하고, 나무아미타불 관세음보살을 외웠어요. 그런데… 비밀 하나 알려드릴까요? 사실 제가 섬으로 떠나던 그즈음에는 할머니도 부처님께 아들을 찾아달라고 애원하는 일이 그만 시들해져 버린 상태였어요. 애초에 하나뿐인 아들을 잃고 대가 끊긴 불운의 집안이라는 주변의 시선을 의식해서 절에 올랐던 게 아닌가 싶을 정도로 급격히 발길이 뜸해졌죠.

설마-라고 생각하시는 거 알아요. 첫날 드렸던 이야기 때문에 저도 제 기억에는 신뢰성이 없다는 걸 알지만, 제 말대로 아버지를 향한 할머니의 미어지는 그리움은 사실 모성이라는 의무감에 끼워 맞춰진 과장에 지나지 않았다고 가정해보세요. 그리 이상할 건 없어요. 여든 넘은 노인네가 동틀 때 일어나 뒷산 작은 절에서 절 세 번 하고 오는 건 특별히 어려운 일이 아니랍니다. 할머니는 원래 해 뜨면 일어나고, 해 지면 자는 시골 사람이에요. 잠들기 전까지는 가만히 못 있어서 깨어있으면 밭일이라도 나가야 하는 지독한 농부고요. 밭 대신 절에 갔다고 하면, 오히려 덜 고생스러워요. 절에 가서 진짜 매일 같이 손수건으로 눈물을 찍어 눌렀는지, 말라붙은 눈곱을 뗐는지는 부처님만 아시겠죠.

젊은 사람들은 노인이 하는 말을 곧이곧대로 듣고, 믿고, 반응하고, 그것만으로도 자신들이 노인을 도와주고 있다고 착각하고 자만해요. 위신마저 젊음의 전유물인 줄 알고 꺼떡거려요. 그들이 들은 이야기의 8할이 거짓이라곤 미처 생각 못 하고요. 전 할머니를 안 믿어요. 할머니가 준 염주를 믿죠.

저요? 전 불교 신자는 아니에요. 우리 할머니는 불교를 믿지만 순 엉터리예요. 할머니는 미신 신봉자거든요. 발 딛는 모든 곳에 신이 있어요. 부처님 말씀만 따르기엔 귀가 심히 얇은 중생이에요. 한반도에 퍼진 온갖 잡스러운 미신을 다 알고 입만 열면 금기에 대해 설교하곤 하죠. 갑자기 그때 기억이 나네요. 제 인생의 첫 기억이 언제인 줄 아세요? 제가 초등학교에 입학하기 전까지, 완동 집에는 여즉 뒷간이란 게 살아남아 있었어요. 전 똥통 안에 흙과 뒤섞인 똥오줌 더미가 더럽고 구역질 나면서도 나쁜 습관처럼 아무 이유 없이 그 안을 자꾸만 보고 싶어 했어요. 거기엔 구더기 따위의 벌레들이, 눈에 보이지도 않을 만큼 아주 작은 벌레들이 미친 듯이 득실거려요. 세상 밖으로 튀어 올라 인간 엉덩이를 콱 깨물지도 못하고 찌꺼기 영양분에 붙어 기생하는 열등한 생물들이요. 내가 그들을 보고 있는 순간에도 기하급수적인 숫자로 번식하고 있다고 생각하면 오금이 저릿해져요.

전 그런 기분을 즐겼나 봐요. 오히려 뒷간에 혼자 가지 말라고 만류하는 건 할머니였어요. 똥통에 빠진 아이는 측신廁神의 저주를 받아 명이 짧다면서요. 똥떡 이야기를 해줬어요. 밤마다 울어 재끼는 고라니 새끼처럼 '똥떡- 똥떡-' 울어야 한다고 창피를 줬어요. 띄엄띄엄 떨어진 집과 집 사이를 오가면서 고철 폐지 스테인리스 산다고 소리치는 고물상 아저씨 뒤에 숨어 소심하게 '똥떡- 똥떡-' 웅얼거리는 제 모습이 얼마나 우스꽝스러울지.

하지만 저는 똥통에 빠졌답니다. 앞서 말한 건 제가 똥통에 빠진 후의 일이거나 할머니한테 전해 들은 얘기예요. 제 생에 첫 기억의 좌표는 완동의 냄새나는 뒷간에 생생히 말뚝 박혀있습니다. 서넛쯤 먹었을 때예요. 할머니 몰래 뒷간에서 일을 보려다 똥통에 엉덩이가 빠져서 엉엉 울었더랬죠. 엉덩이부터 다리까지 온통 똥 칠갑이 된 저는 위아래 옷을 홀딱 벗고 세면장에서 물세례를 받았어요. 쌀쌀한 가을 공기에 뒷산에서 길어오는 물은 차갑고, 온몸이 와들와들 떨리고.

거칠게 몸을 씻기면서 똥떡 이야기를 들을 것이 기억이 나요. 분명 그전부터 할머니가 입이 닳도록 말하고 또 강조했을 텐데, 마치 처음 듣는 얘기 같았어요. 낯설고 강렬했어요. 그제야 똥떡이라며 희디흰 백설기를 쭈뼛쭈뼛 건넬 나와 그런 나를 말썽쟁이 취급하는 어른들의 웃음소리가 생생히 들려오더군요. 할머니는 구체적으로 상상하게 했고 저는 모멸감을 배웠어요. 본능적인 게 아니라 철저히 유도되고 학습된 감정이었어요.

다음 날 아침 할머니가 읍내에 나갔을 때, 저는 똥떡 의례를 치를 생각에 콩닥거리는 가슴을 주체 못 하고 잠에 깨어있었는데, 할머니는 떡은커녕 점심시간이 지나고 해가 저물 무렵에도 집에 돌아오시지 않으셨어요. 저주가 잘못 갔나 싶었어요. 할머니가 나 대신 저주를 맞아서 죽은 게 아닐까 하고. 그래서 틀렸다고, 저주를 받을 사람은 나라고, 꾸짖듯이 기도했는데…… 한편으로는 측신이라는 신은 왜 우리 집 화장실 같은 데에 깃들어서 위태롭게 쭈그려 앉아 똥꼬에 힘이나 주고 몸 밖으로 나온 배설물의 모양을 궁금해하는 나한테 왜 목숨을 빌미로 협박하는지…… 알 도리가 없잖아요.

제법 무시무시한 기억이죠. 그 뒤는 다시 아무 기억이 안 나요. 할머니가 언제 돌아왔는지, 그날 돌아오긴 했는지, 저주란 건 어떻게 된 건지. 집안에 수세식 화장실이 생기고 나서는 측신이란 것도 샤워기가 뿜어내는 수압에 스테인리스 배수구 아래로 다 쓸려 내려간 것만 같고. 스승님, 성주신 같은 건 어쩌면 이렇게 유약한 건가요. 인간이 늘 두려워하고 보살펴줘야만 존재할 수 있잖아요. 이젠 변기에 빠졌다고 숨을 거둬갈 신도 없지만, 제 키보다도 깊은 똥통에 떨어져 정말로 죽을 수도 있으니 조심하라고 일러줄 신도 없어졌어요.

아버지가 죽은 지금에 들어선 그런 생각도 들어요. 할머니가 떡 사러 나가는 줄만 알았던 그 날 읍내에서 늦은 시각까지 돌아오지 않았던 이유 같은 것이요.

그날 아버지가 사라진 게 아닐까요.

할머니가 삼 남매의 막내인 아버지를 오래전부터 마뜩잖게 생각해왔고, 골칫거리로 보고 있었단 걸 전 알아요. 아버지가 없어지기 전까지는 어머니 욕보다 아버지 험담을 더 자주 했다는 것도 기억해요. 어머니의 이름을 직접 말하면서 '누구가 고생 많지' 하고 죄의식과 애정이 어린 격려의 말을 전하기도 했으니까요. 그런 말을 할 때 수화기를 든 할머니의 표정은 무어라 말할 수 없는 은근한 만족감에 차 있었어요. 그 번뜩거리던 광대가 아직 눈에 선해요.

듣기론 아버지는 대단한 야망가였대요. 누군 아버지를 사업가라고 부르고, 누군 사기꾼이라고 했어요. 아버지가 어머니를 따라 섬으로 떠나기 전 이 마을 뒷산 산령 사이에 커다란 댐이 생겼는데, 그 댐 덕분에 우리 마을 개골창은 곧잘 말라붙곤 해요. 원래는 맑은 물이 힘차게 뻗어 나가야 하는 길에 창백한 돌덩이만이 굴러다니는 개천 바닥을 내려다보면 나는 무심코 아버지 이름 석 자가 떠올라요. 살이 다 썩어 가루가 되고 드러나게 된 공룡의 뼈처럼, 아버지의 이름도 냇물 없는 이곳도 전부 화석마냥 아득하게 느껴졌어요. 할머니는 그곳을 지나갈 때마다 미간을 한껏 찌푸리며 혀를 끌끌 차고 말았어요. 어쩌면 제가 그곳에서 아버지를 떠올렸던 건, 냇가에서의 할머니 표정과 아버지를 떠올릴 때의 표정이 닮아있었기 때문일지도 몰라요.

어머니의 고향인 그 섬은 기회의 땅이었어요. 아버지의 야망을 충족시키고도 남을 정도로요. 일제 강점기 전까지만 해도 사람 수보다 가축 수가 더 많던 고립된 곳이었대요. 북남동 삼면의 가장자리가 산으로 감싸져서 험준한 반면에 섬의 서쪽은 평평하고 안쪽으로 들어갈수록 땅이 견실해져요. 비옥한 땅 덕분에 목초지가 잘 조성이 되어서 말을 키웠어요. 일제 때부터 돈 많은 일본 어부들이 조용한 그 섬에 대거 유입되면서 어업이 조선 땅에서 세 손가락 안에 들 정도로 커졌고, 조선업과 관련된 기술이 전파되면서 도시로 성장한 거예요. 외국의 수리 조선 업체가 들어오기도 하고 국내에서 세워지기도 하면서요. 그때부터 쭉 조선업 기술이 고립된 섬을 기회의 땅으로 만들어주었어요. 평평한 땅은 인가와 공장들로 빽빽이 채워지고 울퉁불퉁한 해안선이 매립지로 매끈하게 확장되고, 육지와 섬을 잇는 대교가 건설되고, 식당과 유흥가들이 들어서고, 남자들은 몽땅 산만한 선박에 매달리고, 여자들을 필요로 하는 공장이 우후죽순 생겨나고, 사람들이 모여들었어요.

아버지와 어머니는 '나가야'라는 일식 주택에서 세를 들어 살았어요. 이 단층집은 한 박공지붕 아래에 방 네 개가 들어차 있고, 열차 칸처럼 가로로 길게 늘어진 공간은 간이 벽 같은 얇은 벽으로 구획되어 있어요. 이러니 자연히 방음 처리를 포기하게 되는 집 구조였어요. 커서 가보니 집주인은 죽은 지 오래고, 어머니 혼자 벽을 틔어서 그 집을 독차지하고 있더군요. 누군가의 집이었던 방 안으로 들어가면 여전히 거실에서 숟가락 떨구는 소리까지 들릴 마당이었죠. 이런 집에서 갓난아기는 키울 수 없었겠죠. 이래저래 속 시끄러워진다고. 그래서 눈도 제대로 못 떴던 시절의 나는 도시인들의 삶의 문법과는 어울릴 수 없는 존재로 낙인찍히고 할머니 댁이 있는 완동으로 가 자란 거예요.

저에게 섬은 또 하나의 금기였어요. 출입금지. 자격미달. 괜히 반감이 들어 섬에 가보고픈 마음을 모른 척하며 살았어요. 틀에 박혔다 싶을 만큼 안정적인 완동에서의 삶이 답답하지만 편안하기도 했구요. 어릴 때는 또래 아이들을 따라서 엄마 품을 찾기도 했겠죠. 그치만 사춘기를 다 지낼 때까지 얼굴 한번 보지를 못하니 부모란 애초에 비워진 자리나 마찬가지였어요. 대학도 영 관심이 안 가고 성인이 되면 읍내에 방 하나 구해 여자들을 필요로 하는 공장을 찾아 일을 배워볼 작정이었어요. 완동 가까이에도 섬에 차고 넘친다는 그런 공장 하나쯤은 있겠지 싶었어요. 완동으로부터 크게 멀어질 생각이 없었어요. 그런데 실종된 아버지의 부고 소식을 듣고 나서 내가 자라며 톱니바퀴처럼 맞물려왔던 형편들이 한꺼번에 으그러지며 나를 박겁하듯 섬으로 몰아내고 말았던 거예요.

아버지의 장례는 섬에서 치러졌고 할머니는 3일 내내

병원에 링거를 맞고 누워 계셨어요. 저는 식장에서 어머니를 처음 보았어요. 생각보다 훨씬 왜소하고 작고 까맸어요. 눈은 단춧구멍처럼 조그마했는데 검은자위가 넓어 흰자가 거의 보이지 않았어요. 어머니는 울지도, 웃지도 않고 삼일장을 보냈어요. 저는 조문객을 대접하러 온 일꾼처럼 절을 하고 국밥을 푸고, 다시 절을 하고 모르는 아저씨들과 연신 악수를 하기 바빴어요. 완동 사람들의 손은 흙과 돌을 갈아 만든 것처럼 건조하고 딱딱해서 맞잡고 있으면 만진다기보다는 긁히는 것 같은 마찰감이 더 강하거든요. 그런데 섬사람들의 손은 금방 바닷물에 건져 올린 것처럼 축축하고 쇳덩이에 살을 비비듯이 차가웠어요. 그들은 완동 사람들보다 더 붉게 달궈진 피부를 갖고 있었고, 제각각의 사투리를 구사하며 알아들을 수 없는 말을 했어요. 모두 고향이 달랐고, 서로가 어디에서 왔는지 마치 사람의 이름을 외우듯이 외고 있더라고요. 전 그저 낯설고 혼란스러운 환경에 급격히 피곤해져갔고, 발인하고 나서는 거의 쓰러지기 직전이었어요.

제게 아버지의 장례식은 해초처럼 질척거리던 손과 손들의 촉감으로 끝이 났어요. 택시를 타고 어머니의 집으로 가던 길에서 드디어 3일 만에 희뿌옇던 시야가 똑바로 트이는 것 같았어요. 그렇게 바다가 제 눈에 들어왔는데…… 지대 높은 해안도로를 달리며 보았던 바다는 제가 상상했던 바다의 모습과는 전혀 다르더군요. 제 상상 속의 바다는 끝없이 펼쳐진 찬연한 푸른색 양탄자와 달콤한 설탕처럼 흩뿌려진 윤슬로 일렁이고 있었는데, 실제 섬의 바다는 그리 푸르지도 않고 빛나지도 않았어요. 오랜 시간 사람들의 손때를 탄 듯 생활감이 느껴지는 탁한 잿빛, 유심히 살피지 않으면 그대로 굳어버린 것만 같은 고요함, 해무에 번져 무의미해진 수평선, 집을 떠나 돌아오지 않는 사람, 출항, 실종, 흉괘, 죽음, 계속되는 죽음.

할머니는 이따금 오일장에서 멍게를 사 왔는데요. 옛날 같음 육지에서 절대 만날 수 없는 귀한 식재료라며 좋아했어요. 나란히 붙은 입과 항문을 서걱 하고 자르면 소금 짠내가 울컥 뿜어져 나왔죠. 속살을 뜯어내던 손끝에서는 이 섬의 바다에서는 맡을 수 없는 비릿한 향이 올라와요. 눈물이 조금 흘렀는지도 몰라요. 엔진에서 뿜어져 나오는 탁한 연기, 기름 쩐내와 본연의 짭짜름한 비린

내가 씨름을 하는 바다. 끝내 무향무취로 침묵하는 바다. 사랑할 수 있으세요?

스승님은 그럴 수 있다고 생각하세요?

그 날 밤, 아버지와 어머니의 작은 집에 어머니와 나 둘만 남았을 때 어머니가 다린 상복을 개면서 물어요. 아버지가 어쩌다 돌아가시게 된 건지 궁금하지 않니? 저는 밖이 어두워졌는데도 불을 켜지 않고 3일 동안 방치된 집 안을 쉴 새 없이 꿈지럭거리며 쓸고 닦고. 처음 보는 집을 왜 그렇게 쓸고 닦는지 모르죠. 그렇게라도 하지 않으면 무언가 비릿한 게 울컥하고 튀어나올까 봐 애를 쓰는 걸지도. 아니면 그 집 대문을 열고 들어가며 오른편에 따로 떨어진 좁은 창고 같은 야외화장실 한 채가 자꾸 눈에 어른거려서 일수도.

불투명한 창문으로 분사되어 들어오는 외등 빛에 비친 천장 구석엔 곰팡이 물방울무늬로 엷게 슬어있어요. 일본식 다다미를 뜯어내고 보일러를 설치한 뒤에 덮어놓았을 장판은 가장자리도 울지를 않고 일정하게 평평하고. 그나마 간이 벽을 틔어놓은 흔적이 벽지에 눌어붙듯이 조금 남았어요. 알루미늄 창틀엔 먼지가 한가득 쌓여있고. 좀 전에 빨아서 건조시킨 것처럼 바스락거리는 이불에는 장롱 냄새가 짙게 배어 있고. 사람 냄새라고는 조금도.

다음 날 저는 도망치듯 바로 완동으로 돌아갔지만, 며칠 지나지 않아 아예 섬으로 이사를 갈 준비를 해야 했어요. 몸이 아팠거든요. 말로 다 형용할 수 없을 정도로요. 지옥이었어요. 전 밤마다 제가 다음 날 아침이면 죽어있을 줄 알았어요. 그런데 잠도 못 자고 죽지도 않았죠. 다른 방법이 없었어요. 할머니는 늙고 약했어요. 칼바람 부는 겨울이었고 할머니는 고방에서 보자기에 꽁꽁 싸서 묶어둔 염주 팔찌와 손바닥만 한 돌부처를 내게 주었어요.

염주 팔찌는 검지 손톱만큼 커다란 염주 알과 깨처럼 작은 구슬이 번차례로 갈마들며 제 팔에 동그랗게 말려들었어요. 돌부처는 좀 우스웠는데 상의 얼굴이나 차림새를 뜯어볼수록 이게 부처가 맞는지 의심스럽더군요. 귀는 요정처럼 삐죽하고, 코는 빈대떡처럼 펑퍼짐하고, 다리보다 긴 팔은 관음보살의 자세를 하고도 어쩐지 힘없이 늘

어지고 있었어요. 뿐만 아니라 옅은 미소는 열반의 평안함을 표현했다기보다는 송구하지만 어딘가 꿍꿍이가 있어 보인달까. 나를 농락하고 있는 것 같달까. 낯이 익었어요.

그러고 할머니를 다시 올려다보니까 할머니와 돌부처가 꼭 닮았다고 밖에는 달리 말할 수가 없더라고요. 이걸 몸에 꼭 지니고 있으라며 신신당부를 하는데, 당부하지 않아도 품 밖으로 내버릴 수 없을 것 같았어요. 받아든 염주와 돌부처는 섬과 가까워질수록 무주룩한 대기에 가라앉은 습기라도 흡수하는지 점점 무거워졌어요.

섬으로 가서는 무구를 어깨에 지고 어머니를 따라 다녔어요. 어머니는 신령님에 대해서는 일체 설교하지 않고, 장구, 꽹과리, 제금, 징을 무엇부터 놓아야 하는지, 무복을 어느 순서로 입히고 세워야 하는지, 다른 무구들은 어디에 보관하는지 따위를 가르쳐줬어요. 굿판에 얼쩡거렸을 뿐인데, 완동에서 앓았던 병세는 금세 사라졌어요. 섬에선 매년 봄마다 용왕님께 만선을 기원하는 큰 풍어제가 열려요. 그 때문인지 날씨가 풀릴수록 어머니와 주무

主巫님이, 그러니까 어머니와 스승님이 함께 산에 올라 산신기도를 올리고 오는 일이 잦아졌어요. 기도 터는 사당으로부턴 제법 걸어야 하지만, 어머니 집 뒤쪽으로 해선 20분 남짓 걸어 오르면 금방이에요. 길이 많이 가파르긴 하지만요. 하지만 한 번도 어머니가 저를 부른 적은 없어요.

산은 예부터 신선이 살고 봉황이 날아드는 성지라 전해진다면서요. 과연 심심찮게 해무에 뒤덮여 신비스러운 분위기를 자아내더군요. 심한 날은 안개가 집 마당까지 내려앉아요. 그럴 때마다 육지의 세상과 제가 아득히 멀어졌다는 걸 느끼고 참을 수 없이 고독해져요. 완동은 차마 돌아갈 수 없을 정도로 움푹 패어 들어간 골짜기예요. 그곳에 있으면 태풍의 눈처럼 고요하고, 시간은 멈춘 것 같죠. 이게 제 병의 원인인 것 같아요.

네, 아직도 악몽에 시달려요. 작은 인간을 마주치는 장면부터 반복돼요.
실은, 자세히 말할 수 있을지 자신이 없었어요. 떠올리는 것만으로도 그 불쾌한 촉각과 불길한 기운이 되살아

나서요. 글쎄요, 완동의 뒷간이었는지, 어머니 집의 창고 같은 화장실이었는지 모르겠어요. 저는 작고 구덩이는 한없이 깊고 거대했다는 것뿐이죠. 손을 뒤로 짚어 상체를 일으키니까 잡히는 게 오물이 아니라 누렇게 익은 늙은 호박이었어요. 호박이 넝쿨째로 얽혀서 수십 개가 탐스럽게 열려 있었어요. 덕분에 다쳤다는 느낌은 없었는데, 대신 머리로 떨어지는 바람에 깨진 호박이 머리와 어깨에 덕지덕지 붙었고 꿈인데도 뒷골이 띵하고 울렸어요. 호박의 풋내와 축축하고 물컹한 감촉에 기시감이 느껴져서 빨리 다시 일어서고 싶었어요. 손을 털어내고 발목에 갈고리처럼 감긴 넝쿨을 뜯어내려고 했는데, 호박 넝쿨치고 늪처럼 끈적거리고 단단해서 웬만한 힘으로는 발이 빠지지 않았어요. 뭐가 어떻게 엉켜 있길래 이러나 싶어 발 아래로 고개를 숙이니.

그곳에는 팔다리가 있었어요. 갈퀴처럼 규칙적으로 갈라진 손가락도 있었어요. 그러자 일그러진 점토 덩어리 같은 것이 얼굴처럼 보였어요. 웃고 있었어요.

사람. 제 엄지손가락만큼 작았지만 분명히, 사람. 다리보다 긴 팔을 한 사람이 내 왼쪽 발목을 타고 올랐어요.

하나가 아니에요. 벌레같이 생긴 인간들 열댓 명이 내 발한 짝에 들러붙었어요. 그들의 눈은 무척 크고 튀어나왔으며 검은자가 없었는데, 눈알이 돌아가는 것이 실제처럼 피부로 느껴졌어요.

그리고 꿈이 끊겼어요. 다시 시작될 땐 그곳에서 어떻게 빠져나온 후였고, 저는 어딘가로 비명을 지르며 달려가고 있었어요. 꿈이지만 잠깐 정신을 잃어버리는 게 가능할까요. 뒤도 돌아보지 않고 달리고 또 달렸을 때, 닫혀 있어야 할 대문이 활짝 열려 있었고, 그 지방 덩어리 같은 작은 인간들이 불나방처럼 대문 안쪽으로 몸을 던졌어요. 하지만 그 문턱, 문턱을 넘지 못하고 불에 타서 재가 되고 있었어요.

모르겠어요. 번뜩- 하고 거짓말처럼 할머니가 생각난 거예요. 구덩이에 빠진 이후로 일을 보지 못하는 저에게, 그럼 이제부터 측간에 들어갈 땐 기침을 세 번 하고 들어가라고요. 귀신의 노여움을 풀 수 있을 것이라고. 저는 이 대문이 섬을 둘러싼 바다의 용왕신을 섬기는 성스러운 사당의 문이라는 걸 알았지만, 그래서 배설과 구더기로 가득 찬 측간과는 전혀 다른 곳이라는 걸 인지했지만. 작은 인간들이 보이지 않는 벽에 막혀 소멸되는 동안 또 어떤 인간들은 제 무릎까지 기어오르고 있었고. 저는 그야말로 끔찍한, 끔찍한 기분이 들어서. 흉곽이 부서질 만큼 세게 기침을 했어요. 한 번, 두 번, 헐렁한 염주가 내 손목에서 출렁거리고, 세 번.

꿈에서 깨어났을 땐,
저는 항구에 서 있었어요.

저 멀리서 끓어오르는 희미한 인기척을……

…

아버지의 유일한 유품에 대해 이야기해 볼까요. 어머니 집 장롱 안에 있던 노트 말이에요. 노트에서 아버지의 필체를 제외하고 남는 진실은, 그 문장들이 전부 명징한 엉터리라는 사실 하나뿐일 거예요. 아버지의 글은 진위를 알 수 없는 선언이거나 완벽한 수치의 오답이었어요. 저에 대해서도, 어머니에 대해서도, 단 한 글자도 적지 않았어요. 아버지는 편집증적으로 계획을 세우고 쓰임에 대해 늘 골몰하고 분석했어요. 그래서 언제나 한참 모자란 논리의 글이 되어버렸죠. 유용에 대한 집념이 모든 것을 무의미하게 만들어요. 아버지의 지문이 잔뜩 묻어있을 누런 종잇장들을 한 장 한 장 넘기며 꿋꿋하게 모든 단어를 눈에 담고, 절망했어요.

분명 어떤 부분에선 저도 모르게 매료되기도 했을 거예요. 특히 숫자가 잔뜩 나오는 수식들을 읽으면서는 어깨와 갈비뼈를 감싸는 근육들이 한참 동안 불편하게 느껴질 정도로 부르르 떨었으니까요. 아버지의 글씨로 쓰인 한글은 지저분하게 뒤엉켜서 찬찬히 읽다보면 좀 우스울 정도예요. 그런데 숫자만큼은 명필이었어요. 아버지가 그린 '1'은 그 자체로 완전한 숫자 같았어요. 한 치의 오차 없는 직선의 기단에 조금의 주저함도 느껴지지 않는 의기양양한 기둥, 그리고 절제의 굴곡을 가진 처마 모양의 곡선. 절대로 다른 경우의 수는 허락하지 않을 것처럼 느껴졌어요. 어머니도 그에 기대고 싶었던 적이 있었을까요. 우리 할머니처럼.

아버지는 용왕신을 섬기는 사당의 땅을 사서 사당을

없애고 수리 조선 공업사를 차리려고 했어요.

저주에 대해선 저번에도 얘기했으니 여기서 그만둘래요.

아버지의 실종은 형을 미룬 거예요. 그를 찾는 푸른 눈을 피해서요.

한 가지 질문을 하지.

네.

어머니의 집에서 바다가 보이니.

네, 보여요.

여전히, 짙은 잿빛이냐.

아뇨.

섬뜩하리만치 영롱한 파랑이에요.

내용은 들리지 않고 목소리의 파동만 웅얼웅얼웅얼….

4:30, 508호

형체를 알 수 없는 검은 눈들이 쏟아졌다.

어니언마켓

하지만 여전히 어둠 속에 나 혼자 있을 뿐이었다.

원영

차갑고 미끈한 것. 미끈해서 역한 것.

타깃

출입금지. 자격미달.

가리어진 섬

문밖에 누군가가

ⓒ 2022, 김지현 오선영 장희원 황유미 송유나

지은이 | 김지현 오선영 장희원 황유미 송유나

초판 1쇄 발행 | 2022년 12월 12일
편집 | 임명선 김지현
디자인 | 김지현
일러스트 | 가애
종이 | 대한페이퍼
제작 | 영신사

펴낸이 | 김지현
펴낸곳 | 네시오십분
등록 | 2018년 5월 24일(제332-2018-000002호)

전자우편 | kimjh1649@gmail.com

ISBN | 979-11-980988-2-5 (03810)

이 책의 저작권은 지은이와 네시오십분에 있습니다.
이 책에 실린 글과 이미지를 사용하려면 지은이와 네시오십분의 동의를 받아야 합니다.

잘못된 책은 바꾸어 드립니다.

이 도서는 한국출판문화산업진흥원의 <2022년 중소출판사 출판콘텐츠 창작 지원 사업>의 일환으로 국민체육진흥기금을 지원받아 제작되었습니다.